Vampiros

Vampiros

Varios Autores

Traducción: Benjamin Briggent

Cuarta Edición: 2025
Quinta Edición: 2025

Diseño de cubierta: Alejandro Díaz
Maquetación: Saul Rojas

Edita: Plutón Ediciones X, s. l.,

E-mail: contacto@plutonediciones.com
http://www.plutonediciones.com

I.S.B.N anterior: 978-84-18211-95-9

I.S.B.N: 979-13-87692-58-2
Depósito Legal: B-11232-2025

Impreso en España / Printed in Spain

Estudio Preliminar

Ya antes de la era victoriana (1835 a 1910, aproximadamente), la pobreza, el hambre, la prostitución, el abuso infantil, entre otros males y perversiones sociales, eran el lugar común de las sociedades europeas. Sin embargo, estos temas eran considerados poco relevantes y la sociedad, muy poco dada a ayudar a los menos favorecidos, los ignoraba. De allí que la tendencia literaria fuera tomar como modelo las realidades sociales de la época y, a través de ellas, exponer un feroz cuestionamiento a la sociedad, la justicia y las instituciones. Detrás de ello había también, por parte de sus autores, un interés fundamental en mostrar la necesidad de lograr la elevación de la moral y el despertar del sentido humanitario.

Los cuentos seleccionados para esta compilación pertenecen a lo más selecto de la literatura fantástica y de terror de su momento y son los siguientes: *El Vampiro* de John Polidori, *La Dama Pálida,* de Alexandre Dumas; *Schalke el pintor,* de Sheridan Le Fanu; *El Conde Magnus,* de M.R. James; *La transferencia,* de

Algernon Blackwood; *Porque la sangre es la vida,* de Francis Marion Crawford y *Berenice* de Edgar Allan Poe.

Fueron publicados entre 1819 y 1911, y en todos ellos se muestra la permanente confrontación entre el bien y el mal, entre Dios y el demonio, la injusticia social y, por otra parte, muestran una sutil crítica al estilo de vida de los más favorecidos. Así, sin abandonar su intención didáctica, todas estas historias nos sumergen en un mundo de experiencias sobrenaturales casi posibles.

El vampiro, personaje que alcanza su máxima expresión con la obra de Bram Stoker, *Drácula,* nació 79 años antes de la mano de John William Pollidori, quien publicó su cuento titulado *El vampiro* en 1819. Con esta historia, Pollidori perfiló los que serían los rasgos de un personaje capaz de hechizarnos y fascinarnos hasta el día de hoy.

Aristocrático, poderoso, seductor e inmortal, con fantásticos poderes sobrenaturales que le permiten volar, desaparecer y más, necesita morder el cuello de sus víctimas para beber su sangre y de este modo sobrevivir. Le teme a la luz del día, no se refleja en los espejos y solo puede morir si una estaca de madera es clavada en su pecho o es decapitado. Su peor defecto es que carece de alma y que se roba el alma de sus víctimas.

El vampiro es un cadáver no muerto y se cree que el mito deriva de la tradición oral europea desde tiempos muy antiguos, siendo este personaje una personificación de los impulsos más básicos del ser humano, que representa a su vez el lado más bestial del hombre y su eterno antagonismo ante las rígidas normas sociales y religiosas.

Igualmente, más allá de sus poderes y su fabulosa capacidad de seducción, este personaje suele ser la viva representación de la lujuria, de la falta de valores, de la falta de culpa y del mal en sí. No importan sus motivaciones, siempre hay una víctima detrás de sus acciones, aunque, del mismo modo, siempre existe un ser heroico que lo descubre y acaba con lo espantoso de sus actos.

A pesar de su maldad, el vampiro no deja de ejercer una profunda fascinación en todos nosotros; posiblemente debido a su delicado erotismo, a su exquisita y disipada vida, a su carácter transgresor y a que nos ofrece la inmortalidad con solo una mordida. Por otro lado, el vampiro representa la confrontación entre la vida y la muerte, y su mordisco la sublimación del acto sexual.

En la actualidad, el medio que más ha contribuido con la exaltación de este mítico personaje ha sido el cine, donde nuestro exótico y atractivo personaje es mostrado como un hombre normal, capaz de enamorarse y sufrir, y que vive agobiado por las realidades de una vida tan larga que no sabe qué hacer con ella.

Así que adentrémonos en la lectura de esta estupenda compilación y dejémonos llevar por la estela de terror, amor y espanto que este fascinante personaje, a pesar de su infinita existencia, aún sigue dejando detrás de sí.

El Vampiro

John William Polidori (1795-1821)

Ocurrió en medio del desenfreno de un duro invierno en Londres. Se dejó ver en diversas fiestas de los personajes más relevantes de la vida diurna y nocturna de la capital inglesa. Era un noble más ilustre por sus singularidades que por su rango. Observaba a su alrededor como si no participara de las diversiones comunes. Aparentemente, su atención era atraída solo por las risas de los demás, como si pudiera silenciarlas a voluntad y pudiera atemorizar aquellos pechos donde regía la alegría y la despreocupación. Aquellos que sentían esa sensación de temor no lograban explicar cuál era la razón. Algunos la atribuían a sus ojos grises, que penetraban hasta lo más profundo de la conciencia y hasta lo más profundo del corazón. Aunque la verdad era que su mirada solo se posaba sobre una mejilla, igual que un rayo de plomo que pesa sobre la piel que no puede atravesar.

Sus rarezas incitaban una serie de invitaciones a las mansiones más importantes de la capital. Todos querían verlo, y quienes estaban acostumbrados a la excitación violenta y experimentaban el peso del tedio y el hastío estaban realmente contentos de tener frente a ellos algo capaz de captar intensamente su atención. A pesar del matiz mortal de su apariencia, que jamás se atenuaba con un tinte rosado ni por modestia ni por la enérgica emoción de la pasión, a pesar de la belleza de sus facciones y su perfil, muchas damas que siempre estaban en busca de notoriedad intentaban conquistar sus atenciones y lograr, al menos, alguna señal de afecto. Lady Mercer, que había sido el hazmerreir de todos los monstruos arrastrados a sus aposentos privados después de su matrimonio, interrumpió su paso e hizo todo cuanto pudo para atraer su atención... pero fue en vano. Cuando la joven se encontraba frente a él, aunque los ojos del extraño personaje parecían fijos en ella, no parecían notar su presencia. Hasta su ligereza parecía ser inadvertida por los ojos del caballero, por lo que, fastidiada de su fracaso, dejó de intentarlo.

Y a pesar de que las más atrevidas adúlteras no consiguieron influir en la dirección de aquella mirada, el noble era un fanático del bello sexo, aunque era tal la reserva con la que se dirigía tanto a la virtuosa esposa como a la hija inocente, que muy pocos sabían que él también hablaba con las mujeres. No obstante, pronto se ganó la fama de tener una lengua admirable. Ya fuera porque la misma superaba al miedo que inspiraba aquel carácter tan particular, o porque las damas quedaron trastornadas ante su aparente odio al vicio, aquel caballero no tardó en tener admiradoras tanto entre las mujeres que presumían de su sexo junto a sus habilidades domésticas, como entre aquellas que las denigraban con sus vicios. Por ese tiempo, a Londres llegó un joven llamado Aubrey. Era huérfano, y tenía una única hermana que poseía una fortuna más que respetable, al haber fallecido sus padres cuando él todavía era un niño.

Abandonado por sus tutores, que creían que su obligación consistía en cuidar solo de su dinero, mientras dejaban aspectos más importantes en manos de personas subalternas, Aubrey desarrolló su imaginación más que su buen juicio. Por lo tanto, sustentaba los sentimientos románticos del honor y la pureza que cada día arruinan a tantos jóvenes honestos. Creía en la virtud y pensaba que la providencia admitía el vicio solo en contraposición de aquella, igual que lo que se lee en las fábulas. Pensaba que la desdicha de una casa se escondía únicamente en las vestimentas que la mantenían cálida, aunque siempre se encontraban mejor adaptadas a los ojos de un pintor gracias al desorden de sus pliegues y a los desiguales manchones de pintura. En suma, creía que los sueños de los poetas eran las verdades de la existencia.

Aubrey era un joven apuesto, sincero y rico. Por esas razones, después de su ingreso en los círculos sociales, muchas mujeres lo acorralaron y atosigaron con hijastras casaderas e incontables esposas en busca de diversiones extraconyugales. Las hijas y las esposas infieles pronto manifestaron que era un joven de mucho talento, gracias a sus radiantes ojos y a sus sensuales labios. Sujeto al romance de sus horas solitarias, Aubrey se intimidó al descubrir que, salvo en las llamas de las velas que chisporroteaban no por la existencia de un duende sino por las corrientes de aire, en la vida real no había el menor fundamento para las tonterías románticas de las novelas de las cuales había sacado su pretendida preparación. No obstante, al encontrar cierta compensación a su vanidad satisfecha, se encontraba a punto de abandonar sus sueños cuando el sorprendente caballero, antes mencionado y descrito, se atravesó en su camino.

Lo examinó con atención. Y la imposibilidad de hacerse una idea del carácter de un personaje tan completamente abstraído en sí mismo, de un hombre que mostraba tan pocas señales de la observación de los objetos ajenos a él —aparte del sobrentendido reconocimiento de su existencia, implicado por la evasión de su contacto, dejando que su imaginación creara todo aquello que complacía su tendencia a las ideas extravagantes— pronto transformó a semejante personaje en el héroe de un romance, y decidió prestar atención a aquel retoño de su fantasía más que al ser en sí mismo. Trabó amistad con él, fue considerado con sus nociones, y logró hacerse notar por el misterioso caballero. Su presencia terminó por ser reconocida.

Poco a poco se enteró de que Lord Ruthven tenía algunos asuntos algo complicados, y no tardó en saber, de acuerdo con las notas encontradas en la calle, que estaba a punto de iniciar un viaje. Con deseos de obtener más información con relación a tan singular criatura, que hasta el momento solo había estimulado su curiosidad sin satisfacerla apenas, Aubrey le informó a sus tutores que había llegado el momento de hacer una excursión, que durante muchas generaciones era considerada necesaria para que la juventud trepara con rapidez por las escaleras del vicio equiparándose con las personas maduras, con lo que no lucirían caídos del cielo cuando se hablara frente a ellos de intrigas escandalosas, como cuestiones de placer y alabanza, de acuerdo al grado de perversión de las mismas. Los tutores aceptaron su petición, y Aubrey le contó de inmediato sus intenciones a Lord Ruthven, siendo agradablemente sorprendido cuando este lo invitó a viajar junto a él.

Muy ufano de tal prueba de afecto por parte de un personaje que, en apariencia, no tenía nada en común con los otros mortales, aceptó encantado. Un par de días más tarde, ya habían atravesado el canal de la Mancha. Hasta ese momento, Aubrey no había tenido ocasión de estudiar a fondo el carácter de su compañero de viaje, y muy rápido descubrió que, aunque la mayoría de sus acciones eran totalmente visibles los resultados mostraban conclusiones muy diferentes con relación a las razones de su comportamiento.

Su compañero era bastante liberal: el vago, el desocupado y el pordiosero recibían de su mano mucho más de lo necesario para apaciguar sus necesidades más apremiantes. Pero Aubrey observó igualmente que Lord Ruthven nunca aliviaba las desdichas de los virtuosos conducidos a la indigencia por la mala suerte, a quienes despedía sin contemplación e incluso con burlas. Cuando alguien se dirigía a él no para corregir sus necesidades, sino para poder sumergirse en la lujuria o en las más enormes iniquidades, Lord Ruthven nunca negaba su ayuda. No obstante, Aubrey imputaba este rasgo de su carácter al mayor asedio del vicioso, que por lo general es mucho más insistente que el infortunado y virtuoso indigente.

En las obras de beneficencia del Lord había un hecho que quedó muy grabado en la mente del joven: todos aquellos que eran ayudados por Lord Ruthven, sin poder evitarlo, veían caer una maldición sobre ellos, ya que eran llevados al patíbulo o caían en la miseria más despreciable. En Bruselas y en otras ciudades por las que transitaron, Aubrey se sorprendió ante la aparente apetencia con que su compañero buscaba los lugares de los mayores vicios. Solía ingresar en los garitos de faro, donde apostaba siempre con buena fortuna, salvo cuando un canalla era su contrincante, y entonces solía perder más de lo que había ganado antes. Pero siempre mantenía la misma expresión pétrea, inalterable, con la que habitualmente observaba a la sociedad que le rodeaba. No ocurría lo mismo cuando el noble se topaba con una novicia juvenil o con el desdichado padre de una familia numerosa. En ese momento, su deseo parecía la ley de la fortuna, dejando de lado su ensimismamiento al mismo tiempo que sus ojos resplandecían con más fuego que los de un gato cuando está jugando con un ratón ya moribundo.

En todas las ciudades dejaba a la selecta juventud que asistía a los círculos por él frecuentados lanzando maldiciones, en la soledad de una fortaleza del destino que la había llevado hacia él, al alcance de aquel letal enemigo. Igualmente, muchos padres se sentaban furiosos, en medio de sus hambrientos hijos, sin un solo centavo de su anterior fortuna, sin siquiera lo justo para satisfacer sus más apremiantes necesidades. No obstante, todo lo que ganaba en las mesas de juego lo perdía de inmediato, después de haber despojado algunas grandes fortunas de seres inocentes. Esto podía ser el resultado de algún grado de conocimiento capaz de vencer la destreza de los más adiestrados. Con frecuencia, Aubrey deseaba decirle todo esto a su amigo, rogarle que abandonara esta caridad y estos placeres que provocaban la ruina de todo el mundo sin causarle beneficio alguno. Pero retardaba esta súplica, porque esperaba un día y otro que su amigo le brindara una oportunidad para hablarle con honradez y sinceridad. Lo cual nunca sucedió.

Lord Ruthven en su carruaje, incluso en medio de la naturaleza más lasciva y salvaje, siempre era el mismo: sus ojos se expresaban menos que sus labios. Y aunque Aubrey se encontraba tan cerca del objeto de su curiosidad, no lograba mayor agrado de este hecho que el de la permanente exaltación del trivial deseo de esclarecer el misterio que, en su fecunda imaginación, comenzaba a asumir las proporciones de algo sobrenatural. Pronto llegaron a Roma y Aubrey perdió contacto con su compañero por algún tiempo, quedando en la diaria compañía del círculo de relaciones de una condesa italiana, mientras visitaba los monumentos de la ciudad casi deshabitada.

Mientras se hallaba distraído de este modo, llegaron varias cartas de Inglaterra, las cuales abría con impaciencia. La primera era de su hermana, quien le daba las mayores manifestaciones de su cariño, las otras eran de sus tutores, y la última lo dejó sorprendido. Si en algún momento había cruzado por su cabeza que su compañero de viaje tenía algún malvado poder, esa carta parecía fortalecer tal creencia. Sus tutores le solicitaban que abandonara a su amigo de inmediato, urgiéndolo a ello en vista de la perversidad de aquel personaje y a causa de sus prácticamente irresistibles poderes de seducción, los cuales hacían sumamente riesgosos sus hábitos para con la sociedad en general. Habían descubierto que su desprecio hacia las adúlteras no tenía su origen en el odio hacia ellas, sino que había solicitado, para hacer mayor su satisfacción personal, que las víctimas —los compañeros de la culpa— fuesen lanzadas desde la cúspide de la virtud inmaculada hacia los más profundos abismos de la infamia y la degradación. En resumen: que todas aquellas mujeres a quienes había buscado, en apariencia por sus virtudes, desde la ausencia de Lord Ruthven se habían despojado de la máscara y ya no mostraban el más mínimo recato para exponer toda la fealdad de sus vicios a la contemplación pública.

Aubrey decidió al momento alejarse de un personaje que aún no le había mostrado ni un solo punto brillante donde detener la mirada. Resolvió crear una excusa plausible para dejarlo, proponiéndose, mientras tanto, seguir vigilándolo de cerca y no dejar pasar el menor incidente acusatorio. De esta forma entró en el mismo círculo de amistades que Lord Ruthven, y no demoró en darse cuenta de que su amigo estaba dedicado a ocuparse de la poca experiencia de la hija de la dama cuya morada visitaba con más frecuencia. En Italia, es poco usual que una mujer soltera asista a círculos sociales, por lo que Lord Ruthven estaba obligado a ejecutar sus planes en secreto. Pero la mirada de Aubrey lo siguió en aquellas tortuosidades, y pronto supo que la pareja había acordado una cita que seguramente causaría la ruina de una joven inocente y poco reflexiva.

Sin perder el tiempo, hizo acto de presencia en el apartamento de su amigo, y con brusquedad le preguntó cuáles eran sus intenciones con relación a la joven, diciéndole al mismo tiempo que estaba al tanto de su cita para esa misma noche. Lord Ruthven respondió que sus intenciones eran las que cabía imaginar en tal menester. Y al ser interrogado sobre si pensaba casarse con la chica, comenzó a reírse. Aubrey se retiró, y de inmediato escribió una nota alegando que desde ese instante renunciaba a acompañar a Lord Ruthven durante el resto del viaje. Después le pidió a su sirviente que buscara otro apartamento, y fue a ver a la madre de la joven, a quien puso al tanto de todo cuanto sabía, no solo con relación a su hija sino también con relación al carácter de Lord Ruthven. La cita fue cancelada.

Al otro día, Lord Ruthven solo envió a su criado con una nota en la que se avenía a una separación definitiva, sin siquiera mencionar que sus planes habían sido arruinados por la intromisión de Aubrey. Al dejar Roma, el joven orientó sus pasos hacia Grecia, y luego de cruzar la península, llegó a Atenas. Allí estableció su residencia en la casa de un griego, y no demoró en hallarse bastante ocupado buscando las pruebas de la vieja gloria en unos monumentos, al parecer apenados de ser mudos testigos de las proezas de los hombres que antes fueron libres para luego transformarse en esclavos, que se encontraban ocultos debajo del polvo o de enmarañados líquenes. Bajo su mismo techo moraba un ser tan delicado y hermoso que podía haber sido la modelo de un pintor que quisiera plasmar en la tela la esperanza prometida a los discípulos de Mahoma en el paraíso, pero tenía ojos demasiado traviesos y vivaces para aspirar a un alma y no a un ser vivo.

Cuando danzaba en la pradera o correteaba por el monte, lucía mucho más ágil y veloz que las gacelas, y también bastante más ligera. Para resumir, era el verdadero sueño de cualquier epicúreo. El grácil paso de Ianthe frecuentemente acompañaba a Aubrey en su búsqueda de antigüedad. Y en ocasiones la inconsciente joven se embarcaba en la cacería de una mariposa de Cachemira, dejando ver la belleza de sus formas al dejar ondear su túnica al viento frente a la ansiosa mirada de Aubrey, que olvidaba de ese modo las letras que acababa de interpretar en una tablilla casi borrada. Por momentos, sus trenzas fulguraban a los rayos del sol con un brillo bastante delicado, cambiando velozmente de colores, pudiendo haber sido esa la razón del olvido del joven anticuario, que dejaba escapar de su mente el objeto que antes había pensado de fundamental importancia para la correcta interpretación de un pasaje de Pausanias. Pero, ¿por qué intentar describir unos encantos que todo el mundo observaba, pero nadie lograba apreciar?

Era la ingenuidad, la juventud, la hermosura, que aún no estaban contaminadas por los abarrotados salones y por las salas de baile. Mientras el joven tomaba nota de los recuerdos que quería conservar en su memoria para el futuro, la joven se hallaba a su alrededor observando los mágicos efectos del lápiz que trazaba las vistas de su solar patrio. En consecuencia, ella le describía las danzas en la pradera, mostrándoselas con todos los colores de su joven paleta, describía los esplendores matrimoniales divisados en su niñez, y hablaba de los temas que, claramente, más la habían impresionado, así narraba los cuentos sobrenaturales de su nodriza. Su empeño y la creencia de aquello que narraba estimularon el interés de Aubrey. Con frecuencia, cuando ella narraba el cuento del vampiro vivo, que había permanecido muchísimos años entre sus amigos y sus más queridos familiares, alimentándose con la sangre de las jóvenes más hermosas para alargar su existencia unos cuantos meses, a Aubrey se le helaba su propia sangre en las venas, mientras trataba de reírse de aquellas espantosas fantasías.

No obstante, Ianthe le mencionaba nombres de algunos ancianos que habían tenido entre sus contemporáneos por lo menos a un vampiro vivo, y que habían encontrado a familiares cercanos y algunos niños marcados con la huella del hambre del monstruo. Cuando la joven notaba que Aubrey se mostraba desconfiado de aquellos relatos, le suplicaba que le creyera, ya que la gente había descubierto cómo aquellos que se atrevían a dudar de la existencia del vampiro siempre conseguían alguna prueba que, con profundo dolor y terribles castigos, los forzaba a reconocer su existencia. Ianthe le describió la aparición tradicional de aquellos seres, y el horror de Aubrey creció al oír una descripción precisa de Lord Ruthven.

A pesar de ello, el joven insistió en tratar de convencer a la joven griega de que sus recelos no podían ser causados por algo real, aunque al mismo tiempo repasaba en su cabeza todas las coincidencias que lo habían llevado a creer en los poderes sobrenaturales de Lord Ruthven. Aubrey se sentía cada día más unido a Ianthe, ya que su ingenuidad, tan en contraste con las fingidas virtudes de las mujeres entre las que había tratado de encontrar su idea de romance, había conquistado su corazón. Aunque le parecía grotesca la idea de que un muchacho inglés, de buena familia y mejor educación, contrajera matrimonio con una joven griega casi falta de cultura, la verdad era que cada vez amaba más a la joven que lo acompañaba continuamente. En algunas ocasiones se alejaba de ella, decidido a no regresar a su lado hasta haber logrado sus objetivos. Pero siempre se le hacía imposible concentrarse en las minas que lo rodeaban, al tener en su mente de forma permanente la imagen de quien significaba todo para él.

Ianthe no se daba cuenta del amor que Aubrey sentía por ella, mostrándose siempre como la misma criatura casi infantil de los primeros días. Sin embargo, se encontraba frecuentemente con el joven, aunque ello se debía tan solo a no tener otra compañía con quien visitar sus sitios favoritos, mientras su acompañante estaba ocupado bosquejando o descubriendo algún segmento que había escapado de la acción devastadora del tiempo. La joven le suplicó a sus padres que dieran fe de la existencia de los vampiros. Y junto a otros individuos presentes, todos afirmaron su existencia, demacrados de puro pánico solo al escuchar aquel nombre. Luego, Aubrey decidió hacer una excursión que le ocuparía varias horas. Cuando los padres de Ianthe escucharon el nombre del lugar, le rogaron que no regresara de noche, ya que obligatoriamente debería cruzar un bosque por el que, una vez que había anochecido, ningún griego transitaba por ninguna razón.

Le describieron el lugar como el sitio donde los vampiros hacían sus orgías y bacanales nocturnas. Y le informaron que sobre quien osaba cruzar por aquel lugar recaían las peores desgracias. Aubrey no quiso tomar en cuenta tales advertencias, tratando de mofarse de tales temores. Pero cuando observó que todos se estremecían frente a su risa por ese poder superior o infernal, cuyo solo nombre le helaba la sangre, acabó por guardar silencio y ponerse serio. Al día siguiente, Aubrey salió de excursión según había planeado. Le sorprendió notar la melancólica expresión de su huésped, preocupado, al mismo tiempo, al darse cuenta de que sus burlas sobre aquellos poderes podían haber causado tal terror. Cuando estaba a punto de partir, Ianthe se acercó al caballo que montaba el joven y le rogó que regresara temprano, pues era durante la noche cuando tales seres malvados entraban en acción. Aubrey le prometió que lo haría.

No obstante, estuvo tan ocupado en sus exploraciones que no se percató de que el día estaba llegando a su fin y que en el horizonte surgía una de esas manchas que en los países cálidos muy pronto se transforman en una masa de nubes tempestuosas, volcando toda su furia sobre el desdichado país. Finalmente, se subió al caballo, decidido a recuperar su retardo. Pero ya era tarde. En los países del sur apenas si hay un crepúsculo. El sol se pone y de inmediato sobreviene la noche. Aubrey se había demorado demasiado. Tenía la tormenta sobre él, los truenos apenas se daban un respiro entre sí, y la fuerte lluvia se abría paso por entre el denso follaje, mientras los azules relámpagos parecían caer a sus pies. El caballo se asustó repentinamente, y emprendió un desbocado galope por entre el espeso bosque. Finalmente, agotado de cansancio, el animal se detuvo, y Aubrey observó a la luz de los relámpagos que estaba cerca de una choza que apenas se notaba entre la hojarasca y la maleza que la rodeaba. Bajó del caballo y se acercó, cojeando, con la intención de hallar a alguien que pudiera llevarlo a la ciudad, o por lo menos obtener protección contra la furiosa tormenta.

Cuando se acercaba a la cabaña, los truenos, que se habían silenciado por un minuto, le permitieron escuchar unos gritos femeninos, gritos unidos a carcajadas de burla, todo en un solo sonido. Aubrey quedó alterado. Pero agitado por el trueno que retumbó en ese instante, con un repentino esfuerzo empujó la puerta de la choza. Solo pudo observar densas tinieblas, pero el sonido lo orientó. En apariencia, nadie se había percatado de su presencia, pues aunque llamó, los mismos sonidos siguieron, sin que al parecer nadie se fijara en él. Pero no tardó en tropezar con alguien, a quien capturó de inmediato. Repentinamente, una voz volvió a gritar de forma ahogada, y al grito le siguió una carcajada. Al instante, Aubrey se encontró asido por una fuerza sobrehumana. Decidido a vender muy costosa su vida luchó, pero fue en vano. Fue levantado del suelo y lanzado otra vez al mismo con una energía enorme. Después, su enemigo se le lanzó encima y, arrodillado sobre su pecho, rodeó su garganta con las manos. Repentinamente, el brillo de varias antorchas que se podían ver por un agujero que hacía las veces de ventana llegó en su ayuda. Al instante, su adversario se levantó y, separándose del joven, huyó hacia la puerta. En muy corto tiempo, el sonido de las ramas caídas pisoteadas por el fugitivo también dejó de escucharse.

La tormenta había finalizado y Aubrey, sin poder moverse, gritó, siendo escuchado al rato por los portadores de antorchas. Entraron en la choza, y el resplandor de la resina quemada iluminó los muros de barro y el techo de paja, completamente lleno de mugre. A peticiones del joven, los recién llegados comenzaron a buscar a la mujer que lo había atraído con sus gritos, por lo que volvió a quedarse en tinieblas. Cuál fue su espanto cuando nuevamente fue iluminado por la luz de las antorchas, y pudo percibir la etérea figura de su amada transformada en un cadáver. Cerró los ojos esperando que solo fuera un espantoso juego de su imaginación, pero al abrirlos volvió a observar la misma figura tendida a su lado. No tenía el menor color en sus mejillas, ni tampoco en los labios, y en su aspecto se percibía una inmovilidad que resultaba casi tan atractiva como la vida que antes lo animara. En su cuello y en su pecho había sangre, y en su garganta las marcas de los colmillos que se habían clavado en sus venas.

—¡Un vampiro! ¡Un vampiro! —gritaron los miembros de la partida ante aquella escena.

Prontamente construyeron unas parihuelas, y Aubrey comenzó a avanzar al lado de aquella que había sido el objeto de tan luminosas visiones, ahora muerta en la flor de su existencia. Aubrey no podía ni siquiera pensar, pues su cerebro estaba ofuscado, pareciendo querer refugiarse en la nada. Casi sin darse cuenta, en su mano aferraba una daga de forma especial que habían hallado en la cabaña. La partida no tardó en encontrarse con otros hombres, enviados por la afligida madre a buscar a la joven. Los gritos de los exploradores al acercarse a la ciudad insinuaron a los padres de la joven que había ocurrido una horrorosa desgracia. Sería imposible describir su sufrimiento. Cuando comprobaron el motivo de la muerte de su hija, observaron a Aubrey y le señalaron el cadáver. Estaban desconsolados, y ambos murieron de dolor.

Aubrey, una vez en su cama, sufrió una violentísima fiebre acompañada de delirios. En estos momentos llamaba a Lord Ruthven y a Ianthe, con una cierta combinación que parecía un ruego a su viejo compañero de viajes para que perdonara la vida de la joven. En otros momentos lanzaba blasfemias contra Lord Ruthven, maldiciéndolo como asesino de la joven griega. Casualmente, por aquel entonces Lord Ruthven llegó a Atenas. Cuando supo del estado de su amigo, llegó inmediatamente a su casa y se transformó en su enfermero particular. Cuando Aubrey se recuperó de la fiebre y de los delirios, quedó espantado y absorto ante la imagen de aquel hombre a quien ahora imaginaba un vampiro. Lord Ruthven, con sus gentiles palabras —que involucraban un cierto arrepentimiento por las razones que habían causado su separación y la angustia—, las atenciones y los cuidados brindados a Aubrey, lograron que este se reconciliara rápidamente con su presencia.

Lord Ruthven lucía cambiado, al no comportarse como el ser apático de antes que tanto había sorprendido a Aubrey. Pero justo al terminar la convalecencia del joven, su compañero volvió a mostrar la misma condición de antes, y Aubrey ya no lograba distinguir la más mínima diferencia, salvo que por momentos percibía la mirada de Lord Ruthven fija en él, al mismo tiempo que una maliciosa sonrisa se dibujaba sobre sus labios. Sin saber la razón, aquella sonrisa lo molestaba. Ya durante el último periodo de su recuperación, Lord Ruthven parecía abstraído en la contemplación de las olas que la brisa marina levantaba sobre el mar, o en hablar del progreso de los astros que, igual que nuestro planeta, dan vueltas en torno al Sol. Pero, sobre todo, parecía evitar todas las miradas ajenas. Aubrey, debido a la desgracia sufrida, tenía su cerebro muy debilitado, y la adaptabilidad de espíritu que siempre fue su característica más definida parecía haberlo abandonado para siempre. No era tan amante del silencio y la soledad como Lord Ruthven, pero quería estar solo, algo que no podía lograr en Atenas. Si se proponía explorar las ruinas de la antigüedad, la memoria de Ianthe a su lado lo abrumaba de continuo. Si paseaba por los bosques, el ligero paso de la joven parecía deambular a su lado, en busca de las modestas violetas. De repente, esta imagen se esfumaba, y en su lugar aparecía el rostro pálido y la garganta herida de su amiga, con una tímida sonrisa sobre sus labios.

Decidió evitar aquellas visiones que en su mente formaban una serie de espantosas asociaciones. De esta manera, le planteó a Lord Ruthven, a quien se sentía unido por las atenciones que aquel le había brindado durante su enfermedad, que visitaran aquellos lugares de Grecia que no habían conocido aún. Ambos recorrieron la península en todas las direcciones, investigando cada rincón que pudiera estar unido a una evocación. Pero, aunque lo exploraron todo, no encontraron nada que llamara realmente su atención. Habían oído hablar mucho de ciertas bandas de ladrones, pero fueron olvidándose de ellas gradualmente, suponiendo que eran invención de la imaginación popular o de algunos individuos cuyo interés residía en estimular la generosidad de aquellos a quienes simulaban proteger de tales peligros. Por lo que, sin hacer mucho caso de aquellas advertencias, en cierta ocasión viajaban con muy poca escolta, cuyos miembros debían servirles más como guía que como protección. Al penetrar en un delgado desfiladero, en el fondo del cual se encontraba el lecho de un arroyo lleno de inmensas masas rocosas desprendidas de los altos acantilados que lo rodeaban, tuvieron razones para arrepentirse de su negligencia. Apenas se habían adentrado por el angosto paso cuando fueron sorprendidos por el silbido de las balas que volaban muy cerca de sus cabezas y por los disparos de varias armas.

En un instante, la escolta los había abandonado, y protegiéndose detrás de las rocas, todos comenzaron a disparar contra sus atacantes. Lord Ruthven y Aubrey, copiando su ejemplo, se retiraron de momento tras la protección de un ángulo del desfiladero. Avergonzados por asustarse tanto frente a un enemigo tan vulgar, que con gritos insultantes los invitaba a seguir avanzando, y estando expuestos al mismo tiempo a una muerte segura si alguno de aquellos ladrones se ubicaba más arriba de su posición y los atacaba por la espalda, decidieron lanzarse al frente en busca del enemigo... Apenas salieron del refugio rocoso, Lord Ruthven recibió en su hombro el impacto de una bala que lo lanzó rodando al suelo. Aubrey fue corriendo en su ayuda sin tener en cuenta el peligro al que se exponía, y no tardó en verse cercado por los malhechores, a la vez que los miembros de la escolta, al ver herido a Lord Ruthven, inmediatamente alzaron sus manos en señal de rendición.

Por medio de la promesa de grandes recompensas, Aubrey convenció a sus atacantes para que llevaran a su amigo herido a una cabaña ubicada no lejos de allí. Después de haber concertado el rescate a pagar, los ladrones no lo molestaron más, complaciéndose con vigilar la entrada de la cabaña hasta que uno de ellos regresara al recibir la suma acordada, gracias a una orden firmada por el joven. Las fuerzas de Lord Ruthven disminuyeron con rapidez. Dos días más tarde, su muerte parecía inminente. Su conducta y su apariencia no habían cambiado, luciendo tan inconsciente al dolor como a todo aquello que lo rodeaba. Hacia el final del tercer día, su mente pareció divagar, y su mirada se fijó con insistencia sobre Aubrey, quien se sintió estimulado a ofrecerle su ayuda más que nunca.

—Sí, tú puedes ayudarme... Incluso puedes hacer mucho más... No estoy hablando de mi vida, pues tengo tan poco miedo a la muerte como al término del día. Pero tú puedes salvar mi honor. Sí, tú puedes ayudar a salvar el honor de tu amigo.

—Dime cómo hacerlo y lo haré —respondió Aubrey.

—Es muy simple. Yo necesito muy poco... Mi vida requiere espacio... Oh, no puedo aclararlo todo... Pero si callas todo lo que sabes de mí, mi honor se encontrará libre de las murmuraciones de la gente, y si mi muerte es desconocida por cierto tiempo en Inglaterra... yo... ah… yo viviré.

—Nadie lo sabrá.

—¡Debes jurarlo! —ordenó el moribundo, levantándose violentamente—. ¡Júralo por el alma de tus antepasados, por todos los temores existentes! ¡Jura que durante un año y un día no le dirás a nadie ni mis crímenes ni mi muerte, pase lo que pase, veas lo que veas!

Sus ojos parecían salirse de sus órbitas.

—¡Lo juro! —dijo Aubrey.

Lord Ruthven se dejó caer sobre la cama, lanzando una carcajada, y murió. Aubrey se retiró a reposar, pero no pudo dormir, pues su cerebro daba vueltas y más vueltas alrededor de los detalles de su amistad con tan raro personaje, y sin saber la razón, cuando recordaba el juramento hecho se sentía invadido por un frío extraño y por el presentimiento de una desgracia inevitable. Al día siguiente se levantó muy temprano, y cuando iba a entrar en la cabaña donde había quedado el cadáver, uno de los ladrones le informó que ya no estaba allí, ya que él y sus compañeros lo habían llevado a la cima de la montaña, de acuerdo con la promesa que le habían hecho al difunto de que lo dejarían expuesto al primer rayo de luna después de su defunción.

Aubrey permaneció atónito ante aquella noticia. Junto a algunos individuos, decidió llegar hasta donde habían dejado a Lord Ruthven, para sepultarlo adecuadamente. Pero al llegar a la cumbre de la montaña no encontró ni rastro del cadáver ni de sus ropas, a pesar de que los ladrones le juraron que ese era el lugar donde habían dejado al muerto. Durante un buen rato su mente comenzó a hacer conjeturas, hasta que decidió bajar de nuevo, persuadido de que los ladrones habían sepultado el cadáver tras quitarle sus vestiduras. Cansado de un país en el que únicamente había sufrido tremendos horrores, y en el que todo confabulaba para fortalecer la melancólica superstición que se había apoderado de su mente, decidió dejarlo, y no tardó en llegar a la ciudad de Esmirna.

Mientras aguardaba un barco que lo llevara a Otranto o a Nápoles, se ocupó en disponer los efectos que traía consigo y que habían pertenecido a Lord Ruthven. Entre varias cosas encontró un estuche que contenía algunas armas, más o menos convenientes para asegurar la muerte de una víctima. Dentro se hallaban algunas dagas y sables. Mientras los estudiaba, admirado por sus curiosas formas, se llevó una gran sorpresa al encontrar una vaina ornamentada con el mismo estilo que la daga encontrada en la fatal choza. Aubrey tembló y, deseando conseguir más pruebas, buscó la daga. Su horror llegó a la cúspide cuando comprobó que la hoja se adaptaba a la vaina, a pesar de su peculiar forma. Ya no requería más pruebas, aunque sus ojos permanecían fijos en la daga. A pesar de ello todavía se resistía a creerlo. No obstante, la forma especial, los mismos resplandecientes adornos del mango y la vaina, no dejaban el menor espacio para la duda. Por otro lado, ambos objetos exponían gotas de sangre.

Partió de Esmirna y, una vez en Roma, sus primeras investigaciones fueron sobre la joven que él había tratado de salvar de las artes seductoras de Lord Ruthven. Sus padres se encontraban desconsolados, completamente arruinados, y a la joven no se la había vuelto a ver desde que Lord Ruthven salió de la capital. El cerebro de Aubrey estuvo a punto de desencajarse ante aquel conjunto de horrores, imaginando que la joven también habría sido víctima del mismo asesino de Ianthe. Aubrey se tornó más silencioso y retraído y su única ocupación consistió en apresurar a sus conductores, como si tuviera la necesidad de salvar a alguien muy querido. Llegó a Calais, y un viento que parecía hacer caso a sus deseos no tardó en llevarlo a las costas de Inglaterra. Fue corriendo hasta la mansión de sus padres y, por un momento, gracias a los besos y abrazos de su hermana, en ese lugar pareció perder toda memoria del pasado. Si antes, con sus tiernas caricias, ya había ganado el afecto de su hermano, ahora que comenzaba a ser una mujer la quería aún más.

La señorita Aubrey no tenía la alada gracia que atrapa las miradas y el aplauso de las tertulias y las fiestas. En ella no existía ese banal ingenio que solo se encuentra en los salones. Sus azules ojos nunca se iluminaban con ironías o sarcasmos y en todo su ser había como un resplandor de encanto melancólico que no se originaba en ninguna desdicha, sino en un sentimiento profundo que parecía mostrar un alma consciente de un reino más esplendoroso. No tenía el paso leve, que encanta como el ligero vuelo de la mariposa o como un color agradable a la vista, su paso era calmado y pensativo. Cuando se encontraba sola, su expresión jamás se alegraba con una sonrisa de alborozo. Pero cuando sentía el afecto de su hermano y en su presencia olvidaba los tormentos que le impedían el reposo, ¿quién no habría cambiado una sonrisa por tanta alegría? Era como si los ojos de la muchacha, su rostro entero, retozaran a la luz de su propia esfera, aunque la joven solo tenía dieciocho años y, por lo tanto, no había sido presentada en sociedad, habiendo juzgado sus tutores que debían retardar ese hecho hasta que su hermano retornara del continente, instante en el que se convertiría en su protector.

Por lo tanto, se resolvió dar una fiesta con la intención de que ella apareciera "en escena". Aubrey habría preferido mantenerse retirado de todo bullicio, nutriéndose con la melancolía que lo agobiaba. No tenía el más mínimo interés por las frivolidades de personas desconocidas, aunque estuvo dispuesto a sacrificar su tranquilidad por el bien de su hermana. Así, no tardaron en regresar a su casa en la capital para preparar todo para el día siguiente, día elegido para la fiesta. La afluencia era excesiva. Una celebración no vista hacía mucho tiempo, donde todo el mundo deseaba dejarse ver. Aubrey apareció junto a su hermana. Después, permaneció solo en un rincón, viendo a su alrededor con escaso interés, pensando abstraído que la primera vez que vio a Lord Ruthven había sido en ese mismo salón. De repente, se sintió atrapado por el brazo, mientras que en sus oídos resonaba una voz que conocía demasiado bien.

—¡Recuerda tu juramento!

Aubrey apenas tuvo el coraje para volverse, temiendo ver a un espectro que podía destruirlo, y reconoció no lejos a la misma figura que había captado su atención cuando, en su momento, él había aparecido por primera vez en sociedad. Observó a aquella figura fijamente, hasta que sus piernas por poco se negaron a sostener el peso de su cuerpo. Luego, tomando a un amigo del brazo, se subió a su carruaje y le pidió al cochero que lo llevara de nuevo a su casa de campo. Una vez en ella, comenzó a pasearse nerviosamente, con su cabeza entre las manos, como si temiera que sus pensamientos le volaran el cerebro.

Lord Ruthven había vuelto a mostrarse frente a él... Y todos los detalles se unieron súbitamente ante sus ojos: la daga... la vaina... la víctima... su juramento. ¡No es posible!, se dijo muy agitado, ¡No es posible que un muerto resucite!

No era posible que fuera un ser real. Por ello, decidió frecuentar nuevamente la sociedad. Necesitaba despejar sus dudas. Pero noche tras noche, al recorrer diversos salones con el nombre de Lord Ruthven en sus labios, no logró conseguir nada. Una semana después, fue con su hermana a una fiesta en la residencia de unas nuevas amistades. Dejándola bajo el cuidado de la anfitriona, Aubrey se apartó en un rincón y allí dio rienda suelta a sus especulaciones. Cuando finalmente vio que los invitados comenzaron a marcharse, entró en el salón y encontró a su hermana rodeada de algunos caballeros, al parecer conversando alegremente. El joven trató de abrirse paso para llegar junto a su hermana cuando uno de los presentes, al girar para verlo, le mostró aquellas facciones que tanto aborrecía. Aubrey pegó un tremendo salto, tomó a su hermana por el brazo y velozmente la llevó hacia la calle. En la puerta encontró el paso obstaculizado por la cantidad de criados que esperaban a sus respectivos amos. Mientras intentaba superar aquella barrera humana, regresó a su oído la ya conocida y siniestra voz:

—¡Recuerda tu juramento!

No se atrevió a girar y, siempre halando a su hermana, no tardó en llegar a su casa. Aubrey comenzó a dar señales de desequilibrio mental. Si previamente su cerebro había estado ocupado con ese único tema, ahora se hallaba completamente absorto en él, al tener la certeza de que el monstruo seguía vivo.

Comenzó a desatender a su hermana, y fue en vano que ella tratara de arrancarle la verdad de tan inusual conducta. Aubrey se limitaba a pronunciar palabras casi incoherentes, que atemorizaban aún más a la joven. Mientras más pensaba en ello, más trastornado estaba Aubrey. Su juramento lo agobiaba. ¿Debía dejar, entonces, que aquel monstruo circulara por el mundo, en medio de sus seres queridos, sin revelar sus intenciones? Su misma hermana había conversado con él. Pero, aunque rompiera su juramento y revelara las verdaderas intenciones de Lord Ruthven, ¿quién podría creerle? Pensó en usar su propia mano para librar al mundo de tan perverso enemigo. Sin embargo, recordó que la muerte no aquejaba al monstruo. Durante varios días persistió en ese estado, encerrado en su habitación, sin ver a ninguna persona, comiendo únicamente cuando su hermana, con lágrimas en los ojos, le insistía en ello. Finalmente, al no poder soportar por más tiempo el silencio y la soledad salió de su casa para ir de calle en calle, deseoso de hallar la imagen de aquel que tanto lo perseguía. Su apariencia distaba mucho de ser pulcra, exponiendo sus trajes tanto al rudo sol de mediodía como a la humedad de la noche. Finalmente, nadie podía reconocer en él al viejo Aubrey. Y si al principio volvía todas las noches a su casa, muy pronto comenzó a quedarse allí donde la fatiga lo derrotaba.

Su hermana, preocupada por su salud, empleó a algunas personas para que lo siguieran, pero el joven supo alejarlas, ya que escapaba de un perseguidor más veloz que ellas: su propio pensamiento. Su comportamiento, no obstante, cambió de repente. Alarmado frente a la idea de que estaba dejando a sus amigos con un cruel enemigo entre ellos y de cuya existencia no tenían el menor conocimiento, decidió entrar de nuevo en sociedad y vigilarlo cercanamente, deseando advertir, a pesar de su juramento, a todos aquellos a quienes Lord Ruthven les mostrara cierta simpatía.

Pero al entrar en un salón, su apariencia miserable, su barba de varios días, fueron tan sorprendentes, y sus turbaciones interiores tan notorias, que su hermana se vio forzada a suplicarle que se abstuviera, en bien de ambos, de frecuentar una sociedad que lo afectaba de manera tan poco habitual.

Cuando este ruego resultó en vano, sus tutores creyeron su obligación interponerse y, temiendo que el joven tuviera un trastorno cerebral, pensaron que había llegado la hora de recobrar frente a él la autoridad delegada por sus fallecidos padres. Con el deseo de evitarle las heridas mentales y los padecimientos físicos que sufría a diario en sus vagabundeos, e impedir que se mostrara ante los ojos de sus amistades con las inequívocas muestras de su trastorno, recurrieron a un médico para que viviera en la mansión y cuidara de Aubrey. Este no pareció darse cuenta de ello: tan totalmente absorta estaba su cabeza con el otro asunto. Su poca coherencia terminó siendo tan grande, que se vio confinado a su dormitorio. Allí pasaba los días acostado en su cama, incapaz de levantarse. Su rostro se volvió demacrado y sus pupilas tomaron un brillo vidrioso, solo manifestaba cierto reconocimiento y afecto cuando su hermana entraba a visitarlo. A veces se angustiaba, y tomándole las manos, con una mirada que desconsolaba intensamente a la joven, deseaba que aquel monstruo no la hubiera tocado ni rozado siquiera.

—¡Oh, querida hermana, no lo toques! ¡Si de verdad me quieres, ni siquiera te acerques a él!

Pero cuando ella le preguntaba de quién estaba hablando, Aubrey se limitaba a repetir:

—¡Es cierto, es cierto!

Y de nuevo se sumergía en su abatimiento anterior, del que su hermana ya no lograba extraerlo. Esto continuó por muchos meses. Pero, poco a poco, en el transcurso de aquel año, sus incoherencias fueron menos habituales, y su cerebro se esclareció bastante, al tiempo que sus tutores notaban que varias veces al día contaba con los dedos cierta cifra, y luego sonreía. Cuando llegó el último día del año, uno de sus tutores entró en el dormitorio y comenzó a hablar con el médico con relación a la melancolía del muchacho, justamente cuando al día siguiente su hermana se casaría.

De inmediato, Aubrey se mostró alerta, y preguntó con angustia con quién iba a contraer matrimonio. Encantados de aquella señal de cordura, de la que lo creían privado, señalaron el nombre del Conde de Marsden. Pensando que se trataba del joven conde a quien él había conocido en sociedad, Aubrey se mostró complacido, y asombró todavía más a sus oyentes cuando expresó su deseo de asistir a la boda y de ver cuanto antes a su hermana. Aunque ellos se opusieron a este deseo, su hermana no tardó en encontrarse a su lado. Al parecer, Aubrey no fue capaz de mostrarse afectado por la influencia de la encantadora sonrisa de la joven, ya que la abrazó y la besó en las mejillas bañadas en lágrimas de la misma joven al creer que su hermano volvía a hallarse en el mundo de los cuerdos.

Aubrey comenzó a expresarle su cálido afecto y a felicitarla por contraer matrimonio con una persona tan elegante, cuando repentinamente observó un medallón que ella lucía sobre el pecho. Al abrirlo, cuál no sería su profunda sorpresa al reconocer las facciones del monstruo que tanto y tan siniestramente había influido en su vida. En un paroxismo de furia, tomó el medallón y lanzándolo al suelo, lo pisoteó. Cuando ella le preguntó por qué había roto el retrato de su futuro esposo, Aubrey la observó como sin comprender. Después, tomándola de las manos, y viéndola con una delirante expresión de espanto, quiso obligarla a jurar que nunca se casaría con aquel monstruo, ya que él... No logró continuar. Era como si su propia voz le recordara el juramento que había hecho, y al volverse, imaginando que Lord Ruthven se encontraba detrás suyo, no vio a nadie.

Mientras, los tutores y el médico, que todo lo habían escuchado, creyendo que la locura había vuelto a dominar su pobre cerebro, entraron y lo forzaron a separarse de su hermana. Aubrey cayó de rodillas frente a ellos, rogándoles que demoraran la boda un solo día. Pero ellos, atribuyendo aquella petición a la locura que creían devoraba su mente, trataron de calmarlo y lo dejaron solo. Lord Ruthven fue de visita a la mansión al día siguiente de la fiesta e, igual que a todo el mundo, le fue negada la entrada. Cuando supo de la enfermedad de Aubrey, comprendió que él era la razón inmediata de la misma. Cuando supo que el joven estaba demente, apenas si logró ocultar su alegría frente a aquellos que le dieron esta información.

Fue a casa de su antiguo compañero de viaje, y con sus permanentes cuidados y fingiendo el profundo interés que sentía por su hermano y por su lamentable destino, poco a poco fue conquistando el corazón de la señorita Aubrey. ¿Quién podía oponerse a aquel poder? Lord Ruthven siempre mencionaba los peligros que lo habían rodeado, el poco cariño que había encontrado en el mundo salvo por parte de la joven con la que conversaba. ¡Ah, desde que la conocía, su vida había comenzado a parecer digna de algún valor, aunque solo fuera por la atención que ella le brindaba! En fin, supo aplicar con tanto arte sus sutiles mañas, o a lo mejor fue la voluntad del destino, que Lord Ruthven conquistó el afecto de la hermana de Aubrey.

Gracias al título de un tronco de su familia, consiguió una importante embajada, lo cual le sirvió de excusa para apurar la boda —a pesar del trastorno de salud del hermano—, de manera que la misma se efectuaría al día siguiente, antes de su partida para el continente. Aubrey, una vez lejos del médico y de su tutor, trató de sobornar a la servidumbre, pero fue en vano. Pidió papel y pluma, lo cual recibió, y le escribió una carta a su hermana, suplicándole —que si de algún modo apreciaba su felicidad, su honor y el de aquellos que yacían en sus tumbas, que en otro tiempo la habían sostenido en brazos como su esperanza y la esperanza del buen nombre de la familia—

posponer solo por algunas horas aquel matrimonio, sobre el que arrojaba sus más espantosas maldiciones. Los criados le prometieron entregar la misiva, pero como se la dieron al médico, este prefirió no inquietar a la señorita Aubrey con lo que él consideraba era solo la manía de un demente.

Pasó la noche, sin ningún descanso para los ocupantes de la casa. Y Aubrey reconoció con espanto los rumores de los preparativos para la boda. Llegó la mañana, y a sus oídos llegó el sonido de los carruajes al ponerse en marcha. Aubrey se puso frenético. Y la curiosidad de la servidumbre superó, finalmente, a su vigilancia. Lentamente se fueron alejando para ver partir a la novia, dejando a Aubrey bajo el cuidado de una indefensa anciana. Aubrey aprovechó esa oportunidad. Saltó fuera de la habitación y no demoró en presentarse en el salón donde todo el mundo estaba reunido, dispuesto para la marcha. Lord Ruthven fue el primero en verlo, y de inmediato se le acercó, tomándolo del brazo con extraordinaria fuerza para sacarlo de la estancia, temblando de rabia.

Una vez en la escalera, le dijo al oído:

—Recuerda tu juramento y entérate de que si hoy no se hace mi esposa, tu hermana quedará deshonrada. ¡Las mujeres son tan frágiles...!

Diciendo eso, lo empujó hacia los criados, quienes, avisados por la anciana, ya lo estaban buscando. Aubrey no pudo resistir más: al no encontrar una salida a su furia, se le rompió un vaso sanguíneo y tuvo que ser llevado rápidamente hasta su cama. Este hecho no le fue informado a su hermana, quien no se encontraba presente cuando ocurrió, ya que el médico temía provocarle alguna agitación.

La boda se celebró con toda la ceremonia del caso, y los novios abandonaron Londres.

La debilidad de Aubrey fue creciendo, y la hemorragia de sangre provocó los síntomas de una muerte cercana. Anhelaba que fueran convocados los tutores de su hermana, y cuando estos se encontraron presentes y sonaron las doce campanadas de la medianoche, hora en que se cumplía el plazo impuesto a su silencio, narró con rapidez todo aquello que había vivido y sufrido... y murió inmediatamente después. Los tutores se apuraron tratando de proteger a la hermana de Aubrey, pero cuando llegaron era demasiado tarde. Lord Ruthven había desaparecido, y la hermosa joven había colmado la sed de sangre de aquel vampiro.

El conde Magnus
M.R. James (1862-1936)

De qué manera llegaron a mis manos los manuscritos que me han servido para hilar una historia coherente es algo que el lector sabrá al final. No obstante, es necesario que estos extractos vayan antecedidos de una aclaratoria sobre la forma en que actúan en mi poder.

Se trata de una serie de textos recolectados para un libro de viajes, literatura muy en boga durante los años cuarenta y cincuenta del siglo XIX. Un buen ejemplo es el *Diario de una estancia en Jutlandia, las islas danesas y Copenhague*, de Horace Marryat. Generalmente, estos libros hablaban de alguna zona poco conocida; estaban ilustrados con xilografías, y mostraban información sobre alojamientos y medios de comunicación, tal como esperamos encontrarlo hoy en día en cualquier guía turística; y solían ser entrevistas con hombres cultos, posaderos graciosos y campesinos parlanchines, en pocas palabras: gente abierta. La idea era obtener material para un libro con esas características.

Su autor fue un tal señor Wraxall. Lo poco que sé de él viene de los datos que brindan sus escritos, de los que deduzco que era un hombre de mediana edad, buena posición y solo. Por lo visto, no poseía residencia fija en Inglaterra y era usuario frecuente de hoteles y posadas. Es muy posible que abrigara la idea de radicarse en un futuro que nunca llegó para él, y también creo con seguridad que el incendio del Panthecnicon, que ocurrió a principios de los setenta, destruyó buena cantidad de material que habría arrojado mucha luz acerca de sus antecedentes, ya que un par de veces reseña las pertenencias que mantenía almacenadas en ese establecimiento. Por otra parte, parece que el señor Wraxall ya había publicado un libro con motivo de unas vacaciones que había pasado algún tiempo en Bretaña. Aparte de eso, no sé más nada de dicho libro, porque después de buscarlo diligentemente en las bibliografías he llegado al convencimiento de que debió publicarlo de forma anónima o bajo algún seudónimo.

En relación con su carácter, es bastante fácil formarse una opinión. Debió ser un hombre inteligente y culto. Parece que estuvo muy cerca de entrar en el consejo de gobierno de su colegio de Oxford, el de Brasenose, por lo que puedo deducir del calendario. Su mayor defecto fue una excesiva curiosidad, defecto posiblemente positivo en un viajero pero que, definitivamente, este pagó muy caro al final. Se encontraba elaborando el esquema de otro libro sobre la que sería su última expedición: Escandinavia, una zona no tan conocida por los ingleses y que hace cien años le había parecido un lugar interesante. Debió encontrar unos cuantos libros antiguos de historia o algunos relatos de Suecia, y pensó que habría material para una descripción de su viaje por el país, mezclados estos con ocurrencias de la historia de alguna familia sueca notable. Así que se hizo de algunas cartas de presentación para personas importantes en Suecia, y partió a comienzos del verano de 1863.

No es necesario que hable de sus viajes por el norte ni de su estadía en Estocolmo. Pero sí debo señalar que cierto residente experto lo puso detrás de la pista de una relevante colección de manuscritos familiares pertenecientes a los dueños de una vieja mansión de Västergötland y le tramitó el permiso para examinarlos. Llamaremos a tal mansión Råbäck (que se pronuncia algo así como Roebeck), aunque ese no es su verdadero nombre. De las construcciones de su género, es una de las mejores de toda la provincia, y el grabado de 1694 que la reproduce en *Suecia antiqua et Hoodierna*, de Dahlbergh, la retrata prácticamente del mismo modo que el turista puede verla hoy. Fue construida poco después de 1600, y en términos generales es muy parecida a las casas inglesas de ese lapso en lo que respecta a los materiales —ladrillo rojo y piedra—. El personaje que mandó a levantar esta mansión era vástago de la célebre casa de De la Gardie, y sus descendientes aún son dueños de ella. De la

Gardie es el apellido con que los voy a llamar cuando tenga que mencionarlos.

Recibieron al señor Wraxall con gran amabilidad y gentileza, e insistieron en que permaneciera en la mansión durante sus investigaciones. Pero optando por la independencia y confiando poco de su capacidad para conversar en sueco, decidió instalarse en la posada del pueblo. Este arreglo suponía caminar todos los días, contando la ida y el regreso, algo menos de una milla hasta la mansión, que se levantaba en un parque y estaba rodeada —diríamos más bien oculta— por unos cuantos árboles longevos y corpulentos. Cerca de ella se encontraba un jardín cercado, y a continuación una poblada arboleda que rodeaba uno de los múltiples lagos de los que está salpicado el país. Luego venía el muro que rodeaba la propiedad y ascendía a una empinada colina, y en la cima se encontraba una iglesia rodeada de árboles altos y oscuros: era una construcción singular para unos ojos ingleses. La nave central y las laterales eran bajas, y estaban amuebladas con bancos y galerías. En la galería oeste se veía un órgano antiguo de alegres colores y tubos plateados. El techo había sido pintado por un artista del siglo XVII con un raro y horrendo juicio final colmado de llamas pálidas, ciudades que se derrumbaban, barcos en llamas, almas llorosas y demonios marrones y sonreídos. Del mismo techo colgaban coronas de latón. El púlpito parecía una casa de muñecas y estaba cubierto de pequeños querubines y santos tallados en madera policromada. Contiguo al atril del predicador había un estante con tres relojes de arena. Cosas como estas pueden verse hoy en muchas iglesias suecas, pero lo que era distintivo de esta era un agregado al edificio original.

Unido al extremo este de la nave norte, el dueño de la mansión había levantado un mausoleo para él y su familia. Consistía en una edificación octogonal alargada, iluminada por una serie de ventanas ovaladas y con el techo en forma de cúpula, coronada por una especie de calabaza que se extendía hacia arriba en espiral, figura que les gustaba grandemente a los arquitectos suecos. La cubierta era de cobre y se encontraba pintada de negro, mientras que las paredes eran blancas. Este mausoleo no tenía acceso desde la iglesia. Su pórtico y su escalinata estaban en la fachada norte. Al pasar el cementerio que rodea la iglesia comienza el camino hacia el pueblo, y en escasos tres o cuatro minutos se alcanza la puerta de la posada.

El primer día de estancia en Råbäck, el señor Wraxall halló la iglesia abierta, y tomó notas del interior que acabo de describir. No logró entrar en el mausoleo. Observó, viendo por el ojo de la cerradura, que había bellas imágenes de mármol, féretros de cobre y abundantes ornamentos heráldicos, cosa que le causó muchos deseos de pasar un buen rato investigando. Los papeles que examinó resultaron ser de aquellos que quería incorporar en su libro. Había correspondencia familiar, diarios y volúmenes de los primeros dueños, todo bien conservado y escrito con letra clara, lleno de datos curiosos. El primer De la Gardie era reseñado en ellos como un hombre fuerte e inteligente. Poco tiempo después de levantada la mansión hubo una etapa de agitación en la región, los campesinos se habían levantado y habían atacado algunos castillos, causando ciertos estragos. El dueño de Råbäck tuvo un papel importante en la contención de la revuelta, y se hacía mención a la ejecución de los cabecillas y de múltiples castigos infligidos con su mano inclemente.

El retrato de este tal Magnus de la Gardie era de los mejores que se encontraba en la casa, y el señor Wraxall lo examinó con interés. No hace una descripción detallada de él, pero intuyo que el rostro debió provocarle mucha impresión, más por su expresión que por su belleza. De hecho, señala que el conde Magnus era un hombre pasmosamente repugnante.

Esa tarde el señor Wraxall cenó con la familia y regresó caminando ya tarde, aunque no era de noche todavía.

Recordar preguntarle al cura —escribió— si puede permitirme entrar en el mausoleo junto a la iglesia. Es evidente que él sí puede, porque lo he visto esta noche frente a la puerta.

Hallé que al día siguiente, por la mañana temprano, el señor Wraxall mantuvo una conversación con el posadero. Al comienzo me sorprendió que la refiriera con tanto detalle, pero me di cuenta de inmediato de que esos papeles que tenía frente a mí eran, al menos inicialmente, material para el libro que pensaba publicar y que sería de esas obras que permiten la inclusión de entrevistas. Dice que su objetivo era averiguar si persistía alguna leyenda oral del conde Magnus de la Gardie en el lugar donde desplegó sus actividades, y si disfrutaba o no del aprecio popular. Logró averiguar que el conde no era apreciado. Si sus labradores llegaban tarde al trabajo eran atados al potro o eran latigados en el patio de la mansión. Hubo uno o dos casos de dueños de tierra que cruzaron los linderos de los dominios del señor y sus casas se quemaron de forma misteriosa una noche de invierno, con toda la familia adentro. Pero lo que parecía haber impresionado más al posadero —porque habló sobre ello más de una vez— era que el conde había formado parte de la Peregrinación negra, de la que había regresado con algo o alguien.

Como es natural, me preguntarán —igual que se preguntó el señor Wraxall— qué es eso de la Peregrinación negra, pero su curiosidad tendrá que quedar sin satisfacer, igual que quedó la del señor Wraxall. El posadero no quiso darle explicaciones, ni siquiera responderle, y al ser requerida su presencia en otro lugar, se apuró a retirarse con evidente alivio, asomando su cabeza por la puerta pocos minutos después para mencionar que tenía que ir para Skara y que no regresaría hasta la noche. Por lo tanto, el señor Wraxall tuvo que continuar con su trabajo diario en la mansión algo frustrado. En ese momento, los documentos que tenía entre manos dieron rápidamente otro curso a sus reflexiones, ya que eran la correspondencia entre Sophia Albertina, de Estocolmo, y su prima casada Ulrica Leonora, de Råbäck, en el periodo 1705-1710. Las cartas eran de particular interés, dada la claridad que arrojaban sobre la cultura de ese período en Suecia, como puede ratificar cualquiera que las haya examinado en el *Boletín de manuscritos históricos de Suecia*, donde fueron publicadas en su totalidad.

En horas de la tarde había terminado con ellas, y tras colocar las cajas en el lugar donde se guardaban en la estantería, procedió a tomar algunos de los volúmenes para resolver a cuál se dedicaría el próximo día. El anaquel que había encontrado estaba ocupado en su mayor parte por una serie de libros de contabilidad, llevados con la letra del primer conde Magnus. Uno de ellos no era de cuentas sino de alquimia, y estaba escrito con un tipo de letra del siglo XVI. Como no estaba familiarizado con el lenguaje alquímico, el señor Wraxall dedicó cierto tiempo, que habría podido ahorrarse, a esclarecer los títulos y preámbulos de algunos tratados: el libro del Fénix, el libro de las Treinta Palabras, el libro del Sapo, el libro de Miriam, el *Turba philosophorum* y otros; y de seguido refirió con gran entusiasmo su alegría al encontrar hacia la mitad del libro, en una hoja básicamente en blanco, un escrito del mismísimo conde Magnus titulado: *Liber nigrae peregrinationis*.

Ciertamente eran solo unas pocas líneas, pero bastaban para confirmar que el posadero había aludido esa mañana a una creencia al menos tan antigua como el propio conde Magnus, y que lo más probable es que fuera compartida por él. Esta es la traducción del escrito:

> ...Si alguien desea tener una larga vida, si desea asegurarse un fiel mensajero y ver la sangre de sus enemigos, primero debe viajar a la ciudad de Chorazin y rendir homenaje al príncipe...

Aquí había un raspón de una palabra borrada, de manera que Wraxall la reemplazó por *aeris* (del aire). Pero no había más texto, solo una línea en latín:

> *Qui ere reliqua hujus materiei inter secretiora.*
> (Ver el resto de esta materia entre las cosas más ocultas).

Era innegable que esto lanzaba una luz siniestra sobre los gozos y creencias del conde, pero para el señor Wraxall la idea de que hubiera podido sumar la alquimia a su poder, y a la alquimia algo similar a la magia, solo contribuyó a hacerlo más interesante. Y en el momento, después de observar el retrato en el vestíbulo, que emprendió la vuelta a la posada, lo hizo pensando en el conde Magnus. No tenía ojos para observar a su alrededor, ni apreciaba las fragancias vespertinas del bosque ni la luz del atardecer sobre el lago, y cuando de pronto volvió en sí, se quedó sorprendido al encontrar que se hallaba ya frente a la reja del cementerio. Sus ojos se posaron en el mausoleo.

—¡Ah, allí estas, conde Magnus! —dijo—. ¡Cómo me gustaría observarte!

Tal como les sucede a muchos hombres solitarios —escribió—, tengo el hábito de hablar solo en voz alta, y a diferencia de las partículas griegas y latinas, no espero ninguna respuesta. Por supuesto, y tal vez por fortuna en este caso, no surgió ninguna voz ni nada digno de tomar en cuenta: lo único que sucedió fue que a la señora que limpiaba la iglesia algo metálico se le cayó al piso, supongo, y el ruido me alteró. Pienso que el conde Magnus duerme profundamente.

Esa misma noche, el posadero, que había escuchado decir al señor Wraxall que deseaba ver al cura o diácono (como es costumbre llamarlo en Suecia), le presentó a tal personaje en el bar de la posada. Al momento acordaron para el día siguiente la visita al panteón de De la Gardie, y continuó una breve charla general. Al señor Wraxall —quien recordó que una de las labores de los diáconos escandinavos es enseñar a quienes van a recibir la confirmación— se le ocurrió refrescar su memoria personal sobre un tema bíblico.

—¿Podría decirme algo sobre la ciudad de Chorazin? —preguntó.

El diácono pareció inquietarse, pero de buen modo le explicó que ese pueblo fue denunciado una vez.

—Lo más seguro —dijo el señor Wraxall— es que actualmente solo quedarán ruinas de él.

—Así lo espero —contestó el diácono—. Nuestros sacerdotes más antiguos dicen que el Anticristo nacerá en ese lugar, y hay rumores.

—¿Y qué dicen esos rumores? —preguntó el señor Wraxall.

—Rumores, debo decir, que no recuerdo —respondió el diácono, y al rato se despidió.

Esta vez, el posadero se quedó solo y a merced del señor Wraxall.

—Herr Nielsen —expresó—, he investigado algo sobre la Peregrinación negra, así que puede narrarme lo que sepa. ¿Qué fue lo que trajo el conde con él a su regreso?

Es posible que los suecos sean lentos en responder, o tal vez el posadero fuera una excepción, no lo sé; pero el señor Wraxall apuntó que se le quedó viendo al menos por un minuto antes de abrir la boca. Entonces se acercó a su huésped y, después de hacer un esfuerzo considerable, le dijo:

—Señor Wraxall, voy a narrarle esa historia, pero solo esa, ni una más. Así que no me pregunte absolutamente nada cuando termine... En los tiempos de mi abuelo, o sea, noventa y dos años atrás, dos hombres dijeron: "El conde ha muerto. Se terminaron las preocupaciones. Esta noche cazaremos a gusto en su bosque". Quiero decir, en el gran bosque que cubre la colina que usted ha visto detrás de Råbäck. Pues bien, quienes los escucharon les dijeron: “No vayan allí. Seguro que si van se toparán con alguien que no debería andar, con alguien que debería reposar, no andar”. Pero los dos hombres comenzaron a reírse. No había guardabosques que vigilaran, porque nadie quería cazar en ese lugar y la familia no se encontraba en la casa, de manera que podían hacer lo que quisieran.

»Esa noche fueron al bosque. Mi abuelo se encontraba sentado aquí, en esta sala. Era verano, y con la ventana abierta podía observar el bosque y escucharlo. Estaba junto a dos o tres parroquianos escuchando. En un comienzo todos estaban en silencio, después lograron oír a alguien gritar (ya usted sabe la distancia que hay) como si le estuvieran arrancando el alma. Quienes estaban aquí se horrorizaron, y se quedaron en ese estado al menos tres cuartos de hora. Más tarde escucharon a alguien a solo unas cien yardas: lo oyeron reír a carcajadas. No era ninguno de los hombres que habían ido a cazar, y la verdad es que ninguno de los presentes aquí se atrevió a mencionar que fuera una risa humana. Poco después escucharon cómo se cerraba una enorme puerta.

»Esa madrugada, al salir el sol, todos fueron a buscar al diácono, y le dijeron:

»—Padre, vístase y venga a dar sepultura a Anders Björnsen y Hans Thórbjorn.

»Como usted comprenderá, estaban convencidos de que habían fallecido, así que fueron al bosque. Mi abuelo nunca pudo olvidarlo, contaba que iban muertos de miedo. El diácono que también estaba blanco como una hoja de papel, y después de escucharlos comentó:

»—He escuchado un alarido en medio de la noche y después he escuchado una risa. Si no logro olvidar eso, no podré volver a dormir.

»Entonces se dirigieron al bosque y encontraron a esos hombres en el lindero: Hans Thórbjorn se encontraba de pie, con su espalda contra un árbol, y no dejaba de empujar con sus manos el vacío que tenía al frente. Así que no había fallecido. Lo llevaron a Nyköping, pero murió antes del invierno. Estuvo empujando con sus manos hasta el último día. También hallaron a Anders Bjórnsen, pero él sí estaba muerto. De él le puedo decir esto: era un hombre guapo, pero lo hallaron sin rostro, le habían absorbido la carne, dejándolo en los huesos. Mi abuelo nunca lo olvidó. Le lanzaron un trapo sobre la cabeza y cargaron a Anders Bjórnsen. El diácono abrió la marcha y comenzaron a cantar el salmo de difuntos lo mejor que podían. Y cuando estaban llegando al final del primer versículo, uno de ellos tropezó: el hombre que llevaba la cabeza de la camilla, por lo que los demás se volvieron y notaron que los ojos de Anders Bjórnsen veían fijamente, porque no tenían párpados que los cerraran. No podían soportarlo, así que el cura volvió a colocarle el lienzo encima, ordenó traer una azada y lo enterraron allí mismo».

El señor Wraxall narra que al día siguiente, poco después del desayuno, pasó el diácono a recogerlo y lo llevó a la iglesia y al mausoleo. Pudo ver que la llave del mausoleo colgaba de un clavo al lado del púlpito, y pensó que, como al parecer no cerraban las puertas de la iglesia, le sería fácil efectuar una segunda y más privada visita a aquellos monumentos. Al entrar, no dejó de hallar imponente el edificio. Tales monumentos, erigidos en su mayoría en los siglos XVII y XVIII, eran decorosos aunque recargados, y había abundancia de epitafios y de blasones. El espacio central del recinto lo ocupaban tres féretros de cobre cubiertos de ornamentos. Dos de ellos poseían, como es usual en Suecia y en Dinamarca, una gran cruz metálica en la tapa. El tercero, al parecer el del conde Magnus, en vez de una cruz tenía grabada una figura de tamaño natural, y alrededor de ella varias franjas que mostraban diversas escenas. Una de ellas era una batalla con un cañón escupiendo humo, plazas amuralladas y cuadrillas de piqueros. Otra mostraba una ejecución. En una tercera había un hombre corriendo con todas sus fuerzas entre árboles, el pelo flotante y los brazos extendidos; detrás él iba una figura extraña, era difícil saber si el artista había querido representar a un hombre y no había logrado darle la semejanza necesaria, o si la había grabado todo lo monstruosa que lucía.

Dada la maestría con que estaba trazado el resto de la escena, el señor Wraxall se inclinaba a creer esta segunda opción. Era una figura grotesca, cubierta con un ropaje con caperuza que arrastraba por el suelo. La extremidad de la figura que podía observarse no tenía forma de brazo, y el señor Wraxall la compara con el tentáculo de un pulpo. Y agrega: Al ver esto me dije: es evidente que se trata de una representación alegórica: un demonio persiguiendo a un alma hostigada. Tal vez sea el origen de la leyenda del conde Magnus y su misterioso compañero. Veamos cómo ha sido representado el montero: sin duda, será un demonio que toca el cuerno.

Pero, como describió a continuación, solo encontró la forma de un hombre cubierto con una capa en lo alto de un cerro, apoyado en un bastón, viendo aquella persecución con un interés que el grabador había tratado de mostrar en la actitud.

El señor Wraxall examinó los sólidos candados de acero que cerraban el sarcófago. Uno de ellos se había desprendido. Enseguida, no queriendo distraer más al diácono ni restarle más tiempo a su propio trabajo, continuó su camino en dirección a la mansión.

Es curiosa la manera cómo —escribe—, cuando uno hace un recorrido familiar, se sumerge en sus pensamientos al punto de perder la noción de lo que le rodea. Esta noche es la segunda oportunidad que no me he percatado de a dónde me dirigía (es cierto que había pensado hacer una visita secreta al mausoleo para copiar los epitafios), cuando de pronto he vuelto en mí, por decirlo de algún modo, y me he sorprendido abriendo la reja del cementerio y murmurando algo así como: ¿Estás despierto, conde Magnus? ¿Duermes, conde Magnus? y otra cosa que no recuerdo. Creo que tenía un rato comportándome de esta manera extraña.

Halló la llave del mausoleo y pudo copiar la mayor parte de lo que quería, de hecho, permaneció allí hasta que empezó a oscurecer.

Creó que me equivoqué —escribió— al señalar que uno de los candados del sarcófago del conde estaba en el suelo, esta noche he observado que hay dos. Los he levantado y los he colocado en el alféizar de la ventana después de tratar de cerrarlos en vano. El tercero continúa firme y, aunque me imagino que es de resorte, no sé cómo abrirlo. De haber sabido cómo hacerlo creo que habría cometido la imprudencia de abrir el sarcófago. Es muy raro el interés que me provoca la personalidad de este antiguo conde, presiento que es algo atroz y siniestro.

El día siguiente era el último en que el señor Wraxall iba a visitar Råbäck. Había recibido correspondencia que le informaba sobre ciertas inversiones y que le aconsejaban su inmediato regreso a Inglaterra; había finalizado su trabajo con los documentos y el viaje era lento. Así que fue a despedirse, agregar unos toques finales a sus notas y partir. Estos toques finales le tomaron más tiempo del calculado. La hospitalaria familia insistió en que permaneciera a comer —comían a las tres—, y eran casi las seis y media cuando traspasó la reja de hierro de Råbäck. Se fue demorando a cada paso en su andar junto al lago, dispuesto a llenarse de impresiones de aquel lugar. Y al llegar al cementerio, en lo alto de la colina, se detuvo unos instantes a contemplar la ilimitada visión de bosque, desde sus pies hasta la lejanía totalmente oscura debajo del cielo verde líquido. Cuando finalmente se volvió para retomar su marcha, pensó que debía despedirse del conde Magnus igual que había hecho del resto de los miembros de la familia de De la Gardie.

La iglesia se encontraba solo a veinte yardas, y él sabía dónde se encontraba la llave del mausoleo. Un momento más tarde estaba frente al gran ataúd de cobre, y como ya era costumbre, hablando consigo mismo en voz alta: Posiblemente fuiste algo bribón en tus tiempos, conde Magnus —decía—, de todas maneras, me habría gustado conocerte; o mejor dicho...

En ese instante —narra— sentí un golpe en el pie. Por instinto lo retiré, y algo pesado cayó en el suelo. Era el tercero y último de los candados que mantenía cerrado el sarcófago. Me incliné para levantarlo y —el cielo es testigo— antes de incorporarme sonó el chirrido de unas bisagras metálicas, y pude ver con completa claridad que se abría la tapa. Seguramente tuve una reacción muy cobarde, pero por nada del mundo me habría quedado allí un segundo más. Salí del espantoso edificio en menos tiempo de lo que tardo en escribir estas palabras... casi con la misma prisa con que hubiera podido pronunciarlas y lo que me aterroriza aun más: no pude echar la llave a la cerradura. Sentado aquí en esta habitación, mientras narro estos hechos (aún no han transcurrido veinte minutos de todo esto), me pregunto si siguió el chirrido metálico. Solo sé que hay algo más que me perturbó aparte de lo que he mencionado, pero no logro precisar si se trataba de un sonido o de una visión. ¿Qué he hecho?

¡Pobre señor Wraxall! El próximo día emprendió su regreso y llegó a Inglaterra sin ninguna novedad. No obstante, como logro deducir por el cambio de letra y sus incoherentes notas, era un hombre mentalmente destrozado. Uno de los muchos cuadernos que me han llegado, escritos por él, brinda no una clave, pero sí un cierto indicio sobre su estado. Gran parte del viaje lo hizo en transbordador, y encuentro al menos seis penosos esfuerzos por enumerar y describir a sus compañeros de viaje. Los cuales son del siguiente contenido:

24. Sacerdote del pueblo de Skáne. Usa chaqueta negra y sombrero flexible negro.

25. Viajero de comercio que viene de Estocolmo y se dirige a Trollhättan.

26. Hombre con capa negra, sombrero de ala ancha, muy anticuado.

Esta última línea está subrayada y añade el siguiente comentario: Posiblemente sea idéntico al número trece. Aún no he logrado verle la cara. Con relación al número trece he averiguado que es un sacerdote romano con sotana.

El resultado de su cuenta siempre es igual: de los veintiocho pasajeros que refiere, uno siempre es un hombre con una capa larga y sombrero ancho, y otro una figura baja con capucha oscura. Por otra parte, refiere que a las comidas solo asisten veintiséis. Nunca está presente el hombre de la capa y, desde luego, nunca se encuentra allí el individuo bajo. Al arribar a Inglaterra parece que el señor Wraxall desembarcó en Harwich, y decidió alejarse del alcance de cierta persona o personas que no señala, pero que claramente había llegado a creer que lo seguían. Así que tomó un coche cerrado, ya que no confiaba en el ferrocarril, y se dirigió a campo abierto al pueblo de Belchamp St. Paul. Eran cerca de las nueve de una noche de luna de agosto cuando llegó. Iba viendo por la ventanilla cómo desfilaban velozmente los campos y los árboles. De pronto llegaron a una encrucijada, y en una de las esquinas había dos figuras inmóviles de pie, ambas envueltas en ropas oscuras, la más alta llevaba sombrero, la más baja una caperuza. No tuvo tiempo de verles la cara, ni aquellos personajes hicieron algún gesto que él pudiera reconocer. No obstante, el caballo se espantó y emprendió el galope, mientras el señor Wraxall era lanzado hacia atrás en su asiento, presa del terror. Los había visto con anterioridad.

Una vez en Belchamp St. Paul, fue lo bastante afortunado para hallar un alojamiento amueblado y respetable, y las siguientes veinticuatro horas las vivió relativamente en paz. Sus últimas anotaciones las hizo ese día. Son demasiado aisladas y maldicientes para incluirlas aquí, pero su contenido es bastante claro.

Está esperando la visita de sus perseguidores —no sabe cuándo ni cómo—, y su constante pregunta es: ¿Qué he hecho? ¿Acaso no hay esperanza? Está consciente de que los médicos lo declararían loco y de que la policía se burlaría de él. El sacerdote no está en el pueblo. ¿Qué más puede hacer, sino cerrar su puerta con llave y encomendarse a Dios?

La gente de Belchamp St. Paul todavía recordaba el año pasado cómo un hombre desconocido llegó una tarde de agosto, hace muchos años, y lo encontraron muerto el día siguiente por la mañana. Hubo una investigación y los miembros del jurado que vieron el cuerpo casi se desmayan al ver el cadáver. Ninguno quiso decir lo que había visto y el dictamen fue designio divino; también, las personas que habitaban aquella casa la dejaron esa misma semana y se marcharon del lugar. Pero creo que desconocen que nunca se arrojó ninguna luz sobre ese hecho. Y sucede que el año pasado, esa casa vino a parar a mis manos como parte de una herencia. Estaba desocupada desde 1863, y no había ninguna esperanza de alquilarla, de manera que la mandé a derribar. Fue así como aparecieron en un armario olvidado, bajo la ventana del mejor dormitorio, los papeles que acabo de resumir.

La dama pálida
Alexandre Dumas (1802-1870)

Soy polaca, nací en Sandomierz, cabe decir en un país donde las leyendas se convierten en artículos de fe, donde creemos en las tradiciones familiares como, y acaso más que, en el Evangelio. Entre nosotros no existe un castillo que no tenga su fantasma, ni una cabaña que no posea su genio familiar. Tanto en la casa del rico como en la del pobre, tanto en el castillo como en la cabaña, se respeta el principio amigo y el principio enemigo.

Muchas veces estos dos principios entran en lucha y se oponen. Entonces se oyen ruidos tan extraños en los corredores, rugidos tan espantosos en las viejas torres, sacudidas tan formidables en los muros, que los habitantes huyen tanto de la cabaña como del castillo, y aldeanos y nobles se dirigen a la iglesia en busca de la cruz bendita o de las santas reliquias, únicas garantías en contra de los demonios que nos abruman. Pero existen otros dos principios más terribles aún, más violentos e implacables, que se encuentran allí enfrentados: la tiranía y la libertad.

El año 1825 vio comenzar entre Rusia y Polonia una de esas batallas en las que se creía agotada toda la sangre de un pueblo, igual que con frecuencia se agota la sangre de una familia entera. Mi padre y mis dos hermanos, alzados en contra del nuevo zar, habían ido a alistarse bajo la bandera de la independencia polaca, siempre extenuada y siempre renacida. Un día me enteré de que mi hermano menor había sido asesinado, otro día me informaron que mi hermano mayor había sido mortalmente herido, y finalmente, después de una angustiosa expedición, en la cual yo había escuchado aterrada el estallido siempre más cercano del cañón, observé llegar a mi padre con un centenar de soldados a caballo, lo que quedaba de tres mil hombres que él comandaba.

Había venido a enclaustrarse en nuestro castillo, con la intención de ser sepultado bajo sus ruinas. Mientras no sentía ningún temor por él, temblaba por mí. Y de hecho, para él, el único riesgo era la muerte, porque estaba convencido de no caer vivo en manos del enemigo; pero a mí me amenazaban la esclavitud, la perversión y la vergüenza. Mi padre seleccionó diez hombres entre los cien que le quedaban, llamó al administrador, le entregó todo el dinero y los objetos de valor que poseíamos y, recordando que en oportunidad de la segunda división de Polonia, mi madre, siendo una niña aún, había hallado un refugio inaccesible en el monasterio de Sabastru, ubicado en medio de los montes Cárpatos, le ordenó trasladarme a aquel monasterio que le abriría a la hija, como hace tiempo a la madre, sus caritativas puertas.

A pesar del gran amor que mi padre sentía por mí, nuestras despedidas no fueron largas. Según todas las probabilidades, los rusos llegarían el día siguiente a la vista del castillo, por lo que no había tiempo que perder. Rápidamente me puse un traje de amazona, con el que solía ir con mis hermanos a cazar. Me trajeron el mejor caballo de la cuadra ensillado, mi padre colocó en los bolsillos de la silla sus propias pistolas, obras maestras de las fábricas de Tula, me dio un abrazo y dio la orden de partir.

Durante toda la noche y el día siguiente recorrimos sesenta millas, cubriendo uno de esos ríos sin nombre que confluyen en el Vístula. Esta primera doble etapa nos había salvado del peligro de caer en manos de los rusos. El sol se dirigía al otro lado de los montes, cuando vimos resplandecer las nevadas cimas de los Cárpatos.

Hacia el anochecer del día siguiente llegamos a su pie y finalmente, la mañana del tercer día, comenzamos a adelantar por una de sus gargantas. Nuestros Cárpatos no se parecen a los fértiles montes de su oriente. Todo cuanto la naturaleza posee de extraordinario y admirable se muestra aquí en toda su majestad. Sus borrascosas cumbres se pierden en las nubes abrigadas por eternas nieves, sus tremendos bosques de abetos se inclinan sobre el pulido espejo de lagos que por su inmensidad parecen mares; y de aquellos lagos, nunca nave alguna ha surcado sus aguas, nunca redes de pescadores aturdieron aquel cristal profundo como el azul del cielo; escasamente, de vez en cuando, allí resuena alguna voz humana, haciendo escuchar un canto moldavo al que responden los gritos de los animales selváticos, y cantos y gritos van a descubrir algún eco solitario, sorprendido de que un sonido cualquiera le haya mostrado su propia existencia. Allí se viaja, durante millas y millas, bajo la sombría bóveda de los bosques entrecruzados con las inadvertidas maravillas que la soledad nos muestra a cada momento, y que hacen pasar nuestro espíritu de la indiferencia a la admiración. Allí hay peligro en cualquier parte y este peligro está formado por mil riesgos diversos, pero no hay tiempo para atemorizarse, tan nobles son tales riesgos. Aquí hay una cascada cuyo imprevisto origen fue la licuefacción de los hielos y que, dando saltos de roca en roca, repentinamente invade el angosto sendero que uno recorre, que fue trazado por el paso de las bestias en fuga y por el cazador que las persigue. Allí hay árboles socavados por el tiempo, que se desprenden del suelo y caen con horrible estrépito, similar al de un terremoto. En otra parte, son las borrascas las que nos cubren de nubes, en medio de las que se ve resplandecer, desarrollarse y contorsionarse el relámpago, igual que una serpiente inflamada. Luego, después de haber superado aquellas moles agrestes, aquellos primitivos bosques, después de encontrarnos en medio de inmensas montañas y bosques infinitos, nos encontramos ante inmensos páramos, igual que mares, que también tienen sus ondas y sus tempestades; estériles y gibosas estepas, donde la visión se pierde en un horizonte sin fin. Entonces no es pánico lo que se experimenta, sino una triste y honda melancolía, de la cual no hay nada que logre distraernos, porque el aspecto de aquella región, por lejos que se alargue su vista, es siempre el mismo. Suban o bajen las cien veces iguales pendientes, buscando inútilmente un camino trazado, al hallarnos tan perdidos en aquel aislamiento, en medio de desiertos, nos creemos solos en la naturaleza, y nuestra melancolía se transforma en desolación. Nos parece vano caminar más adelante, porque no se percibe una meta para nuestros pasos; no encontramos un poblado, ni un castillo, ni una choza, ni el más mínimo vestigio de morada humana. Solo de vez en cuando, como otra tristeza más en aquella tierra melancólica, un pequeño lago sin bejucos y sin arbustos, dormido en lo profundo de un barranco, casi como otro Mar Muerto, nos cierra el paso con sus verdes aguas, sobre las que se alzan, al acercarnos, algunas aves acuáticas de gritos extensos y discordantes. Rodeemos el lago, traspasemos el cerro que está delante de nosotros, bajemos a otro valle, superemos otra colina y así sucesivamente, hasta que hayamos llegado a los pies de la cadena de montes que siempre se van reduciendo más. Pero si al finalizar esa cadena nos volvemos hacia el mediodía, la región recupera su carácter majestuoso, se nos presenta una naturaleza más admirable y descubriremos otra cadena de montañas más altas, de forma más atractiva, de vegetación más rica, totalmente cubierta de tupidos bosques, toda cruzada de arroyos. Con la sombra y el agua también renace la vida en aquella comarca; ya se oye el tañido de la campana de un santuario y sobre el borde de aquella montaña se observa serpentear una caravana. Finalmente, ante los últimos rayos del sol poniente se ven desde lejos, igual que una bandada de pájaros blancos, apoyándose las unas en las otras, las casas de un poblado, que parece que se hubieran agrupado en cierta forma para defenderse de un asalto nocturno, pues con la vida ha regresado el peligro. Aquí no se luchará contra osos y contra lobos, como en las altas montañas, sino contra hordas de ladrones moldavos.

Mientras, nos acercábamos a nuestro destino. Habían transcurrido diez días de camino sin ningún contratiempo. Ya podíamos distinguir la cumbre del monte Pion, que se alza sobre toda aquella familia de gigantes, y sobre cuya vertiente mediterránea se encuentra situado el convento de Sabastru, al cual yo me dirigía. Tres días más y nos encontraríamos al término de nuestro viaje. Eran los días finales de julio. Habíamos tenido un día muy caluroso, y hacia las cuatro respiramos con anhelante deleite las primeras brisas de la tarde. Hacía poco que habíamos dejado atrás las ruinosas torres de Niantzo, y descendíamos hacia una llanura que comenzábamos a observar a través de una hendidura de la montaña.

Desde el lugar donde nos encontrábamos, podíamos seguir con nuestros ojos el curso del Bistriza, con sus riberas esmaltadas de rojizos viñedos y de altas campanillas de flores blancas. Bordeábamos un abismo en cuya base corría el río, que en aquel sitio apenas tenía forma de torrente, y nuestros caballos tenían muy poco espacio para caminar dos de frente. Nos precedía un guía, quien, inclinado de costado sobre la grupa de su caballo, entonaba una canción morlaca, cuyas palabras seguía con especial atención. El cantor también era al mismo tiempo el poeta. Era necesario ser uno de esos montañeses para poder brindarnos la melancolía de su canción con su salvaje tristeza y toda su recóndita sencillez. Las palabras de la canción eran más o menos las siguientes:

¡Miren allí ese cadáver, en la laguna de Stavila, donde corriera tanta sangre de guerreros! No es un hijo de Iliria, no; es un fiero bandido, que luego de haber mentido a la gentil María, robó, mató e incendió.

Veloz como el relámpago, una bala ha venido a cruzar el corazón del bandido; un yatagán le ha cortado el cuello. Pero, oh, misterio, tres días después, su sangre aún tibia, riega la tierra bajo el pino sombrío y solitario, y oscurece el pálido Ovigan.

Sus ojos azul turquí brillan siempre, huyamos, huyamos. ¡Ay, de quien pase por la laguna cerca de él! ¡Es un vampiro! El feroz lobo se aleja del sucio cadáver y el luctuoso buitre escapa al monte de calvo frontis...

Repentinamente se escuchó la detonación de un arma de fuego y el silbar de una bala. La canción fue interrumpida, y el guía, herido de muerte, cayó al abismo, mientras su caballo se paralizaba temblando y alargando su inteligente cabeza hacia el fondo del precipicio donde cayera su dueño. Al mismo tiempo, se alzó por los aires un estridente grito, y sobre los lados de la montaña observamos aparecer una treintena de bandidos: estábamos totalmente rodeados. Cada uno de nosotros empuñó un arma, y aunque fuimos tomados de sorpresa, mis acompañantes, como eran viejos soldados habituados al fuego, no se dejaron intimidar y se pusieron en guardia. Yo misma, para dar el ejemplo, empuñé una pistola y a sabiendas de cuán poca ventajosa era nuestra situación, grité: "¡Al frente!", y le di con la espuela a mi caballo, que avanzó a toda carrera hacia la llanura. Pero teníamos que enfrentar a los montañeses que iban de roca en roca como auténticos demonios de los abismos que hacían fuego mientras saltaban, manteniendo a nuestro lado la posición que habían tomado. Además, ya habían previsto nuestro plan. En un lugar donde el camino se abría y la montaña se allanaba un poco, un joven esperaba nuestro paso a la cabeza de una decena de hombres a caballo. Cuando nos vieron, comenzaron a galopar sus cabalgaduras y nos embistieron de frente, mientras los que nos perseguían bajaban saltando en gran número. Impedida de tal manera nuestra huida, nos rodearon por todas partes.

La situación era peligrosa, no obstante, acostumbrada desde niña a las escenas de guerra, pude estudiarla sin que se me escapara un solo detalle. Todos aquellos hombres, cubiertos con pieles de carnero, usaban inmensos sombreros redondos, adornados con flores naturales a la usanza de los húngaros. Cada uno de ellos llevaba un largo fusil turco, que agitaban intensamente luego de haber disparado mientras daban gritos salvajes; y en la cintura llevaban un sable curvo y dos pistolas. Su jefe era un joven de tan solo veintidós años, de rostro pálido, ojos negros y cabellos rizados que le caían sobre la espalda. Vestía la casaca moldava recubierta de piel y ajustada a su cuerpo por una faja con listas de oro y seda. En su mano brillaba un sable curvo, y en su cintura resplandecían cuatro pistolas. Durante la batalla lanzaba gritos roncos e inconexos que parecían no corresponder al habla humana, pero eran una poderosa expresión de sus deseos, ya que todos sus hombres obedecían aquellos gritos, fuera lanzándose a tierra boca abajo, para sortear nuestras descargas, fuera levantándose para disparar a su vez, logrando hacer caer a aquellos de nosotros que todavía estaban de pie, matando a quienes se encontraban heridos, haciendo de la lucha una definitiva carnicería. Yo había visto morir, uno después del otro, dos tercios de mis defensores. Cuatro se encontraban ilesos y se apretaban a mi alrededor, sin pedir una gracia que tenían la certeza de no conseguir y solo pensando en entregar la vida lo más cara que fuera posible. Entonces, el joven jefe lanzó un grito más expresivo aún que los anteriores, dirigiendo la punta de su sable hacia nosotros. Ciertamente, aquella orden expresaba que nuestro último grupo debía ser rodeado por un cerco de fuego y fusilarnos a todos juntos, pues en un segundo vimos como nos apuntaban todos aquellos largos mosquetes.

Percibí que había llegado la hora final. Levanté la vista y las manos al cielo, y rezando una última plegaria, esperé la muerte. En ese momento advertí no el descenso, sino la precipitación de piedra en piedra de un joven que se paró erguido sobre una roca que dominaba la escena, igual a una estatua sobre un pedestal y, alargando su mano hacia el campo de batalla, dijo una sola palabra: "¡Basta!". Todos los ojos se volvieron hacia esa voz, y cada uno pareció rendir obediencia al nuevo amo. Solo un bandido empuñó de nuevo su fusil e hizo un disparo. Uno de los nuestros gritó, la bala le había rozado el brazo izquierdo. Giró para lanzarse sobre el que lo había herido, pero aún no se había alejado cuatro pasos de su caballo, cuando un relámpago brilló por encima de nuestras cabezas y el bandido rebelde se desplomó con una bala en la cabeza... Tantas y tan extremas emociones habían agotado mis fuerzas. Caí desmayada. Cuando recobré el sentido, me encontraba acostada sobre la hierba, con la cabeza apoyada en las rodillas de un hombre, de quien solo podía ver su mano, blanca y cubierta de anillos, ciñendo mi cuerpo, mientras frente a mí se encontraba de pie, con los brazos cruzados y la espada debajo de su axila, el joven jefe moldavo que comandara el asalto en nuestra contra.

—Kostaki —decía en francés y con tono autoritario el hombre que me sostenía—, haz que nuestros hombres se retiren inmediatamente y déjame el cuidado de esta joven.

—Hermano, hermano —respondió a quien fueron dirigidas tales palabras y que parecía hacer un esfuerzo para contenerse—, ten cuidado de no agotar mi paciencia. Yo te dejo el castillo, pues déjame a mí el bosque. En el castillo tú eres el amo, pero aquí el todopoderoso soy yo. Aquí, me sería suficiente una sola palabra para obligarte a obedecerme.

—Kostaki, yo soy el mayor, lo que significa que soy el amo en todas partes, tanto en el bosque como en el castillo, aquí y allá. Igual que a ti, por las venas me corre la sangre de los Brankovan, sangre real que tiene la costumbre de mandar, y yo mando.

—Pues manda a tus servidores, Gregoriska, no a mis soldados.

—Tus soldados son bandidos, Kostaki... Bandidos que haré colgar en las pilastras de nuestras torres si no me obedecen de inmediato.

—Está bien, pues prueba a darles una orden.

Entonces, noté que quien me sostenía quitaba su rodilla y apoyaba mi cabeza delicadamente sobre una piedra.

Lo seguí con mirada ansiosa, y pude observar a aquel joven, que cayó del cielo, por decirlo de algún modo, en medio de la batalla, a quien yo apenas había podido ver por hallarme desmayada mientras aparecía en escena. Era un joven de unos veinticuatro años, de gran estatura y con dos grandes ojos azul celeste, radiantes como el relámpago, en los que podía descubrirse una sorprendente decisión y firmeza. Sus largos cabellos rubios, señal de su estirpe eslava, caían sobre su espalda igual que los del arcángel Miguel, rodeando dos mejillas rozagantes y frescas; sus labios, realzados por una sonrisa altanera, dejaban distinguir una doble hilera de blancas perlas. Usaba una cierta túnica de velludo negro, pantalones ajustados a sus piernas y botas bordadas; en su cabeza llevaba un gorro puntiagudo decorado por una pluma de águila; en la cintura llevaba un cuchillo de caza, y al hombro una pequeña carabina de dos cañones, cuya puntería había aprendido a reconocer uno de los bandidos. Extendió su mano, y con ese ademán imperativo pareció imponerse hasta a su hermano. Dijo algunas palabras en idioma moldavo, las cuales parecieron provocar una seria impresión sobre los bandidos. Luego habló, en el mismo idioma, el joven jefe, y me dio la impresión de que su discurso estaba lleno de amenazas y maldiciones. A ese prolongado e impetuoso discurso, el hermano mayor respondió con una sola palabra, y los bandidos obedecieron. Hizo un gesto y los bandidos se ubicaron detrás de nosotros.

—¡Bien sea, Gregoriska! —dijo Kostaki hablando de nuevo en francés—. Esta mujer no irá a la cueva, pero no por esa razón será menos mía. Yo la encuentro hermosa, yo la he atrapado y yo la deseo.

Diciendo eso, se lanzó hacia mí y me levantó en sus brazos.

—Esta mujer será llevada al castillo y será entregada a mi madre, yo no la abandonaré —respondió mi protector.

—¡Mi caballo! —gritó Kostaki en lengua moldava.

Algunos bandidos se apresuraron a obedecer, y le trajeron a su señor la cabalgadura pedida. Gregoriska miró alrededor, tomó las riendas de un caballo sin dueño y saltó a la silla sin siquiera tocar los estribos. Kostaki, que aún me tenía sujeta entre sus brazos, montó en su silla casi con la misma agilidad de su hermano y partió a todo galope. El caballo de Gregoriska pareció haber recibido la misma orden y fue a ubicarse pegado al flanco y al pescuezo del caballo de Kostaki. Era extraño de ver aquellos dos caballeros que galopaban uno junto al otro, abatidos, callados, sin perderse de vista un solo segundo aunque aparentaban no verse, y se entregaban por completo a sus cabalgaduras, cuya arrebatada carrera los llevaba cruzando bosques, rocas y precipicios.

Yo tenía la cabeza caída, y esto me dejaba observar los hermosos ojos de Gregoriska fijos en mí. Kostaki se dio cuenta, entonces me levantó la cabeza y ya no pude ver otra cosa que su sombría mirada devorándome. Cerré los ojos, pero fue en vano. A través de su velo podía ver, no obstante, aquella mirada lacerante que me penetraba hasta las vísceras y que me aguijoneaba el corazón. Entonces sufrí una extraña alucinación: me pareció ser Lenore, la de la balada de Bürger, mientras era llevada por el caballo y el caballero fantasmas, y cuando sentí que se me cerraban los ojos, los abrí sobrecogida, tan convencida estaba de que a mi alrededor solo vería cruces rotas y sepulcros abiertos. Pero lo que vi fue algo un poco más hermoso: el patio interior de un castillo moldavo, construido en el siglo decimocuarto.

Kostaki me dejó caer a tierra, bajando de inmediato después de mí; pero, por veloz que hubiera sido su acto, Gregoriska le había precedido. Tal como lo expresara, en el castillo el amo era él. Cuando vieron llegar a ambos jóvenes, y a la extranjera que traían con ellos, la servidumbre acudió al momento, pero, aunque dividieron sus labores entre Kostaki y Gregoriska, era evidente que los mayores miramientos y el más hondo respeto eran para el segundo. Vinieron dos mujeres, Gregoriska les dio una orden en idioma moldavo, y con su mano me indicó que las siguiera. La mirada que acompañó aquel gesto fue tan respetuosa que yo no dudé en absoluto en obedecerlo. Pocos minutos después me hallaba en una estancia que, aunque pudiera parecer desnuda y triste para una persona de difícil contentamiento, era evidentemente la más hermosa del castillo. Era una inmensa habitación cuadrada, con una especie de diván de tejido verde, asiento de día, lecho de noche. También se encontraban en ese lugar cinco o seis sillones de roble, un gran cofre, y en un ángulo un trono similar a una gran silla de orfeón. No se mencionen las cortinas en las ventanas y en el lecho. Y a los lados de la escalera que conduce a aquella estancia estaban erguidas, dentro de sus nichos, tres estatuas de los Brankovan de tamaño mayor al natural.

Al poco tiempo trajeron nuestros equipajes, entre los que se encontraban mis maletas. Las mujeres me ofrecieron sus atenciones. Sin embargo, a pesar del desorden que lo ocurrido había causado en mi tocado, conservé mi traje de amazona, el cual, más que cualquier otro vestido, encajaba con la manera de vestir de mis anfitriones. Apenas había realizado algunos pequeños arreglos necesarios en mis ropas, cuando escuché golpear la puerta suavemente.

—Adelante —respondí en francés, ya que esta lengua para nosotros, los polacos, es casi una segunda lengua materna.

Entró Gregoriska.

—¡Ah! Señora, cuánto me alegra que usted hable en francés.

—Y yo también —contesté—, estoy muy contenta de conocer esta lengua, porque de esa manera he podido, gracias a ello, apreciar toda la generosidad de su comportamiento para conmigo. En esa lengua usted me defendió de los arrebatos de su hermano, y en esa lengua yo le ofrezco la expresión de mi sincero agradecimiento.

—Se lo agradezco, señora. Era algo natural que me alarmara por una mujer que se encontraba en su situación. Estaba cazando en los montes cuando escuché las continuas y poco normales detonaciones, por lo que entendí que se trataba de un asalto a mano armada, así que fui al encuentro del fuego, como decimos nosotros en términos de batalla. Gracias a Dios llegué a tiempo, pero, ¿sería posiblemente demasiado atrevido si le preguntara, oh, señora, por qué razón una mujer de tan alto linaje como lo es usted se ha visto obligada a aventurarse en nuestros montes?

—Soy polaca —le respondí—. Mis dos hermanos murieron, no hace mucho, en la guerra contra Rusia. Mi padre, a quien abandoné mientras se preparaba para defender su castillo, a esta hora sin duda se les habrá unido. Y yo, escapando, por orden de mi padre, de todas aquellas desgracias, me dirigía en busca de refugio al monasterio de Sabastru, donde mi madre en su juventud, y en situación semejante, había hallado cobijo seguro.

—Es usted enemiga de los rusos, tanto mejor —expresó el joven—. Este título le será de gran ayuda en el castillo, y nosotros requerimos de todas nuestras fuerzas para sostener la batalla que se avecina. Pero ante todo, señora, ya que yo sé quién es usted, usted también sabrá quiénes somos nosotros. El nombre de los Brankovan le es desconocido, ¿cierto? —yo me incliné—. Mi madre es la última princesa de este nombre, la última sucesora del glorioso jefe mandado a matar por los Cantimir, los viles caballeros de Pedro I. Contrajo sus primeras nupcias con mi padre, Serban Waivady, príncipe él también, pero de linaje menos famoso. Mi padre fue educado en Viena y allí pudo valorar las ventajas de la civilización. Decidió hacer de mí un europeo. Viajamos a Francia, Italia, España y Alemania. Mi madre… yo sé que no le corresponde a un hijo decir lo voy a decirle, pero ya que por nuestra protección es necesario que nos conozcamos bien, usted encontrará justas las razones de esta revelación— mi madre, digo, durante los primeros viajes que hizo mi padre, mientras yo aún era muy niño, tuvo relaciones culpables con un jefe de "parciales" (con este nombre, agregó sonriendo Gregoriska, llaman en este país a los hombres por quienes usted fue agredida), cierto conde Giordaki Koproli, medio griego y medio moldavo, quien le escribió a mi padre declarándole todo y pidiéndole el divorcio, apoyando su petición en que ella, una Brankovan, no deseaba seguir siendo por más tiempo la esposa de un hombre que día tras día se hacía más extranjero a su patria. Pues, mi padre no tuvo necesidad de dar su consentimiento a tal petición, la cual podrá parecerle extraña, pero entre nosotros es algo muy natural. Él había fallecido por un aneurisma que lo atormentaba desde hacía mucho tiempo y la carta de mi madre la recibí yo. A mí solo me restaba hacer votos sinceros por la felicidad de mi madre, y le respondí con una carta, en la que le hacía saber estos votos míos junto a la noticia de su viudez. En esa carta también le pedía permiso para poder seguir con mis viajes, el cual me fue otorgado. Yo tenía el firme propósito de establecerme en Francia o en Alemania para no tener que encontrarme cara a cara con un hombre al que detestaba y a quien no podía amar, quiero decir, al marido de mi madre, cuando de improviso, vine a enterarme de que el conde Giordaki Koproli había sido asesinado, según dicen, por los viejos cosacos de mi padre. Yo amaba demasiado a mi madre para no apurarme en volver a mi patria, imaginaba su aislamiento y la necesidad que debía sentir de tener junto a ella, en aquellas circunstancias, a los seres que podían serle más queridos. Aunque ella nunca se haya mostrado muy afectuosa conmigo, yo era su hijo. Un día, llegué repentinamente al castillo de mis padres. Allí se encontraba un joven, a quien inicialmente tomé por un extranjero, pero luego me enteré de que era mi hermano. Era Kostaki, el hijo del adulterio, legitimado por el segundo matrimonio. Kostaki, el ser indomable que has conocido, para quien solo sus ímpetus son ley, quien no tiene aquí en la tierra nada por sagrado aparte de su madre, quien me obedece igual que un tigre obedece al brazo que lo ha domado, pero rugiendo siempre, con la vaga ilusión de poder devorarme algún día. Dentro del castillo, en el hogar de los Brakovan y de los Waivady, yo aún soy el amo, pero afuera de este lugar, en la campiña abierta, él se transforma en el salvaje hijo de los bosques y las montañas que desea doblegarlo todo bajo su implacable voluntad. ¿Cómo hicieron, él y sus hombres, para ceder hoy? No lo sé. Tal vez por la vieja costumbre o por el respeto que aún me tienen. Pero no quisiera correr otro riesgo. Usted debe permanecer aquí, no salga de esta estancia, ni del patio, ni del castillo. Aquí respondo por todo, pero si usted da un paso afuera del castillo, no puedo prometerle nada más que hacerme matar para defenderla.

—¿Entonces no podré, de acuerdo con el deseo de mi padre —pregunté—, seguir el viaje hacia el convento de Sabastru?

—Hágalo, inténtelo, ordénelo, yo podré acompañarla, pero quedaré en la mitad del camino y usted... usted, ciertamente, no logrará la meta de su viaje.

—Pero, ¿qué haré, entonces?

—Quédese aquí, espere, tome consejo de lo ocurrido y aproveche las circunstancias. Piense que ha caído en una cueva de bandidos y que solo su valor podrá sacarla del apuro. Su calma la salvará. Mi madre, a pesar de la preferencia que tiene por Kostaki, el hijo de su amor, es una mujer buena y generosa. Por otro lado, es una Brankovan, es decir, una autentica princesa. Ya lo verá. Ella la protegerá de las brutales pasiones de Kostaki.

»Póngase bajo la protección de ella, sea cortés y la amará. Y en verdad (añadió él con un gesto indefinible), ¿quién podría verla y no amarla? Venga ahora al comedor, donde mi madre la espera. No muestre fastidio ni poca confianza. Hable en polaco, aquí nadie conoce esa lengua, yo le traduciré a mi madre sus palabras, y puede estar tranquila, que solo mencionaré aquello que sea conveniente mencionar. Especialmente, ni una sola palabra de cuanto le he confesado. Nadie debe figurarse que estamos de acuerdo. Usted aún no imagina cuánta astucia y disimulo es capaz de aparentar el más sincero de nosotros. Venga».

Lo seguí por una escalinata iluminada con antorchas de resina ardiendo, colocadas dentro de manos de hierro que destacaban en el muro. Era claro que aquella inusual iluminación había sido colocada para mí. Llegamos al comedor. Apenas Gregoriska abrió la puerta de la sala y pronunció en el umbral una palabra en idioma moldavo, que más tarde supe que significaba *la extranjera,* vino a encontrarnos una señora de alta estatura. Era la princesa Brankovan. Tenía el cabello blanco trenzado alrededor de su cabeza, la cual estaba envuelta en un gorro de piel decorado con un penacho, señal de su origen principesco. Vestía una cierta túnica bordada con el corpiño lleno de piedras preciosas, sobrepuesta a una larga túnica de naturaleza turca, cubierta de piel igual a la del gorro. En su mano sostenía un rosario de cuentas de ámbar, que hacía circular velozmente entre sus dedos. A su lado estaba Kostaki, vestido con el espléndido y solemne traje húngaro, con el cual lo percibí aún más extraño.

Su traje estaba formado por una sobrevesta de velludo negro, con anchas mangas, que caía hasta debajo de la rodilla, pantalones de casimir rojo, y sus largos cabellos de color negro, con visos azules, caían sobre su cuello desnudo, rodeado únicamente por la blanca orla de una delicada camisa de seda. Me saludó con torpeza y expresó en moldavo algunas palabras incomprensibles para mí.

—Puedes hablar en francés, hermano mío —señaló Gregoriska—, la señora es polaca y comprende ese idioma.

Al momento, Kostaki pronunció en francés algunas palabras, casi tan incomprensibles como las que había mencionado en moldavo, pero la madre, alargando su brazo con gravedad, interrumpió al par de hermanos. Lucía claro que le indicaba a sus hijos que debían esperar a que ella sola me recibiera. Entonces inició en lengua moldava un discurso de cortesía, al que la movilidad de sus gestos le daba un sentido de fácil explicación. Me señaló la mesa, me ofreció una silla vecina a la suya, con un gesto señaló toda la casa, como haciéndome saber que estaba a mi disposición y, sentándose antes que todos los presentes, con piadosa dignidad hizo la señal de la cruz y levantó una plegaria. Entonces cada quien ocupó su lugar, determinado por la etiqueta, Gregoriska cerca de mí. Como extranjera, yo había establecido que a Kostaki le tocaría el lugar de honor al lado de su madre, Smeranda. Este era el nombre de la condesa. Gregoriska también había cambiado de vestimenta. Él usaba, igualmente, la túnica húngara y los pantalones de casimir, pero la primera de color granate y los segundos azul oscuro. Llevaba colgada en su cuello una espléndida condecoración, el *nisciam* del sultán Mahmud. Los otros comensales de la casa comían en la misma mesa, cada uno en el lugar correspondiente de acuerdo al grado que ocupaban entre los amigos o los servidores. La cena fue triste, Kostaki nunca me dirigió la palabra, aunque su hermano siempre tuvo la cortesía de hablarme en francés. La madre me brindaba de todo con sus propias manos, con un gesto solemne que le era natural. Gregoriska estaba en lo cierto, era una auténtica princesa. Después de la cena, Gregoriska se aproximó a su madre, y en lengua moldava le comunicó el deseo que yo debía tener de estar sola, también lo necesario que sería que descansara después de las fuertes emociones de aquel día. Smeranda hizo un gesto de consentimiento, me tendió la mano, me dio un beso en la frente como lo hubiera hecho con una hija propia, y me deseó una buena noche en su castillo. Gregoriska no se había equivocado, yo deseaba ardientemente aquel momento de soledad. Agradecí a la princesa, quien me acompañó hasta la puerta, donde me aguardaban las dos mujeres que antes ya me habían acompañado a mi habitación. Después de saludar a la madre y a los dos hijos, regresé a mi aposento, de donde había salido una hora antes.

El sofá había sido convertido en lecho. No se habían

hecho otros cambios. Le di las gracias a las mujeres y les hice comprender que me quitaría el traje yo sola. Ellas se retiraron enseguida con mil muestras de respeto que significaban que tenían órdenes de obedecerme en todo y para todo. Quedé sola en aquella inmensa estancia que mi candela apenas lograba alumbrar en parte. Era un especial juego de luces, una cierta lucha entre el trémulo resplandor de mi cirio y los rayos de la luna que entraban a través de la ventana sin cortinas. Aparte de la puerta por la que había entrado y que caía sobre la escalinata, en la estancia habían otras dos, pero sus gruesos pasadores, que se cerraban del lado de adentro, bastaban para apaciguarme. Observé la puerta de entrada y también tenía cerraduras de defensa. Abrí la ventana y daba sobre un abismo. Pude darme cuenta de que Gregoriska había escogido aquella cámara calculadamente. Finalmente, al regresar al sofá, encontré sobre una mesita, ubicada al lado de la cabecera, una tarjeta doblada. La abrí y leí en polaco: *Duerma tranquila. No tiene nada que temer mientras permanezca dentro del castillo.* Seguí aquel consejo y como el agotamiento vencía sobre las turbaciones que me tenían nerviosa, me acosté y me dormí de inmediato. Desde ese instante quedó fijada mi permanencia en el castillo y comenzó el drama que voy a narrarles.

Ambos hermanos se enamoraron de mí, cada uno según su propia naturaleza. Kostaki me reveló de improviso, al otro día, que me amaba, expresó que sería suya y de nadie más, y que me mataría antes que entregarme a quienquiera que fuese. Gregoriska no me dijo nada, pero siempre estuvo lleno de amor y consideraciones conmigo. Para halagarme puso en práctica todos los recursos de su exquisita educación, todas las memorias de una juventud transcurrida en la más nobles cortes europeas. ¡Ay! No era algo tan arduo, pues el primer sonido de su voz me había tocado el alma y su primera mirada me había calmado el corazón. Pasados tres meses, Kostaki me había repetido al menos cien veces que me amaba, mientras que yo lo odiaba. Gregoriska, en cambio, no me había mencionado ni una sola palabra de amor y yo pensaba que, cuando él lo quisiera, yo sería toda suya.

Kostaki había abandonado sus ataques. Siempre encerrado en el castillo, de momento había entregado el mando a un lugarteniente, quien de vez en cuando venía a recibir órdenes y desaparecía enseguida. Smeranda también había desarrollado una amistad apasionada por mí, cuyas demostraciones me causaban cierto temor. Ella protegía notoriamente a Kostaki, y parecía celarme más aun de lo que él lo hacía. Pero como ella no hablaba ni polaco ni francés, y yo no entendía el moldavo, ella no tenía manera de influir frente a mí en favor de su hijo predilecto. No obstante, había aprendido a pronunciar en francés unas palabras que siempre repetía cuando posaba sus labios en mi frente:

—*¡Kostaki ama a Edvige...!*

Un día, recibí una terrible noticia que completó mi desgracia. Los cuatro hombres sobrevivientes al combate habían sido liberados y habían regresado a Polonia, prometiendo que uno de ellos, antes de transcurrir tres meses, regresaría para darme noticias de mi padre. Ciertamente, una mañana llegó uno de ellos. Nuestro castillo había sido tomado, quemado, destruido, y mi padre había muerto defendiéndolo. En adelante me hallaba sola en el mundo. Kostaki duplicó sus insinuaciones, y Smeranda sus afectos, pero esta vez argumenté como pretexto mi duelo por el fallecimiento de mi padre. Kostaki insistía, diciendo que mientras más sola me hallaba más necesidad tenía de apoyo, y su madre insistió a la par e incluso más que él.

Gregoriska me había mencionado el poder que tienen los moldavos sobre sí mismos, cuando no desean que otros lean su corazón. Él era un vivo modelo de ello. Yo estaba segurísima de su amor, no obstante, si alguna persona me hubiera preguntado en qué hechos se basaba tal certeza, no me habría sido posible responder. Nadie en el castillo había visto jamás que su mano tocara la mía, o que sus ojos buscaran los míos. Únicamente los celos podían hacer evidente a Kostaki la rivalidad de su hermano, como únicamente el amor que yo sentía por Gregoriska podía hacerme evidente su amor. Sin embargo, debo confesar que me inquietaba mucho tal poder de Gregoriska sobre sí mismo. Yo creía en él, pero no era suficiente, necesitaba ser convencida; cuando ocurrió que una noche, apenas de regreso en mi habitación, escuché golpear ligeramente en una de las dos puertas que cerraban por dentro. Por la manera de golpear supe que era una llamada amiga. Me acerqué, y pregunté quién estaba allí.

—Gregoriska —respondió una voz cuyo tono no podía engañarme.

—¿Qué deseas de mí? —le pregunté, temblando.

—Si crees en mí —dijo Gregoriska—, si crees que soy un hombre de honor, ¿me permites hacerte una pregunta?

—¿Cuál?

—Apaga la luz como si estuvieras durmiendo y en media hora ábreme esta puerta.

—Regresa en media hora... —fue mi única respuesta.

Apagué la luz y esperé. El corazón me latía con violencia, pues podía intuir que se trataba de algo importante. Pasó la media hora, y escuché golpear más suavemente aun que la primera vez. Durante la espera yo había descorrido los cerrojos y solo me quedaba abrir la puerta. Gregoriska entró y, sin que dijera nada, cerré la puerta detrás de él y pasé los cerrojos. Él se quedó callado e inmóvil por un instante, imponiéndome silencio con su conducta.

Al rato, cuando tuvo la certeza de que ningún peligro nos amenazaba por el momento, me llevó al centro de la gran habitación y dándose cuenta, por mi temblor, de que no habría logrado sostenerme en pie, me buscó una silla. Me senté o, más bien, me dejé caer sobre ella.

—¡Dios mío! —le dije—. ¿Qué ocurre, por qué tantas precauciones?

—Porque mi vida, que no cuenta para nada, y posiblemente también la tuya, dependen de la conversación que tendremos.

Atemorizada, le tomé una mano. Él se la llevó a los labios, viéndome como si quisiera pedir perdón por tanto atrevimiento. Bajé los ojos, en señal de consentimiento.

—Yo te amo —me dijo con su melodiosa voz igual a un canto—. ¿Tú me amas?

—Sí —contesté.

—¿Y aceptarías ser mi mujer?

—Sí.

Apoyó la mano en su frente con honda expresión de felicidad.

—¿No te niegas a seguirme?

—Te seguiré donde sea.

—Entonces entiendes bien que solo podemos ser felices huyendo de este lugar.

—¡Oh sí, huyamos! —exclamé.

—¡Silencio! —dijo él, sobresaltado— ¡Silencio!

—Tienes razón —dije, y me acerqué toda temblorosa.

—Oye lo que he hecho —continuó Gregoriska—, escucha por qué he pasado tanto tiempo sin confesarte mi amor. Yo deseaba que, al estar seguro de tu amor, nadie pudiera enfrentarse a nuestra unión. Querida Edvige, soy un hombre rico, enormemente rico, pero del modo como son los señores moldavos: rico en tierras, en rebaños y en servidores. Ahora bien, le he vendido al monasterio de Hango por un millón tierras, rebaños y campesinos. Me han entregado trescientos mil francos en piedras preciosas, cien mil francos en oro y el resto en letras de cambio sobre Viena. ¿Te bastará con un millón?

Tomé su mano.

—Gregoriska, me hubiera bastado solo con tu amor, júzgalo tú.

—¡Está bien! Escucha. Mañana iré al monasterio de Hango para resolver los últimos detalles con el superior. Él tendrá listos los caballos que nos esperarán, a partir de las nueve de la mañana en adelante, escondidos a cien pasos del castillo. Después de la cena, subirás a tu habitación igual que hoy, apagarás la luz, e igual que hoy yo entraré en tu estancia. Pero mañana, en lugar de salir solo tú, me seguirás, saldremos por la puerta que se dirige hacia los campos, hallaremos los caballos, los montaremos, y pasado mañana por la mañana ya habremos avanzado sesenta millas. ¡Oh, querida Edvige, ¿por qué no será ya pasado mañana?!

Gregoriska me apretó contra su corazón y nuestros labios se unieron. ¡Oh! Lo había expresado él, yo le había abierto la puerta de mi habitación a un hombre de honor, y comprendió bien que si no era suya en cuerpo, era suya en alma. La noche transcurrió sin que pudiera cerrar los ojos. Me veía escapar con Gregoriska, sentía que era transportada por él igual que lo había hecho Kostaki, pero aquella carrera aterradora, espantosa y fúnebre ahora se volvía un apuro suave y placentero, al que la rapidez del movimiento le sumaba deleite, pues el movimiento veloz también posee su propio deleite... Nació el día. Bajé. Me pareció que el gesto con el que me saludó Kostaki era más tétrico que de costumbre. Su sonrisa era irónica y provocadora. Smeranda no me pareció cambiada. Durante el desayuno, Gregoriska pidió sus caballos. Parecía que Kostaki no había puesto ni la más pequeña atención en aquella orden. Hacia las once, Gregoriska se despidió, anunciando que estaría de vuelta hacia la noche, y le pidió a su madre que no lo esperara para cenar. Luego se volvió hacia mí y me pidió que aceptara sus excusas.

Se fue. Los ojos de su hermano lo siguieron hasta el momento en que salió de la estancia y en ese instante le brotó de los ojos un relámpago de tal odio que me sacudí. Ya pueden imaginar con qué inquietud transcurrió aquel día. A nadie le había confiado nuestras intenciones, a duras penas le hablé a Dios de ello en mis oraciones, y me parecía que todos los sabían, que cada mirada que se posaba en mí podía penetrar y leer en lo más íntimo de mi corazón... La cena fue un tormento, Kostaki, brusco y consternado como siempre, raras veces hablaba. Esta vez solo pronunció dos o tres palabras en moldavo a su madre, y siempre con un tono que hacía temblar. Cuando me levanté para subir a mi habitación, Smeranda, como de costumbre me abrazó, y al abrazarme repitió aquella frase que hacía ocho días no le salía de la boca: *¡Kostaki ama a Edvige!*

Esta frase me acompañó como una amenaza hasta mi habitación, e incluso allí me parecía que una voz fatal me susurraba al oído: *¡Kostaki ama a Edvige!* Ahora, ya me lo había mencionado Gregoriska, el amor de Kostaki equivalía a la muerte. Hacia las siete de la noche observé a Kostaki cruzar el patio. Se volvió para verme, pero me aparté para que no pudiera hacerlo. Estaba nerviosa ya que, por lo que yo podía observar desde mi ventana, me dio la impresión de que él iba directamente hacia la caballeriza. Me atreví a quitar el cerrojo de una de las puertas de mi habitación y pasé a la estancia vecina, desde donde podía observar todo lo que él estaba por hacer. En efecto, iba hacia la caballeriza y, cuando llegó a ella, él mismo sacó su caballo favorito, ensillándolo con su propia mano con la atención de un hombre que le da mucha importancia a los detalles. Usaba el mismo traje que el día en que lo vi por primera vez, pero solo llevaba como arma su sable. Cuando terminó de ensillar el caballo, vio otra vez hacia la ventana de mi habitación. Sin haberme visto, saltó sobre la silla, hizo abrir la misma puerta por la que había salido y debía regresar su hermano, y se fue a todo galope en dirección al monasterio de Hango. En ese momento se me apretó fuertemente el corazón, un terrible presentimiento me decía que

Kostaki iba al encuentro de Gregoriska. Permanecí en la ventana hasta que logré distinguir el camino que, a un cuarto de legua de distancia del castillo, hacía un giro hacia la izquierda y se borraba en el comienzo de un bosque. Pero la noche se hacía cada vez más oscura, y muy pronto ya no pude divisar el camino.

Permanecí allí un rato más.

Finalmente, la intranquilidad que me atormentaba reavivó, justamente por exceso, mis fuerzas, y alguna noticia, de uno u otro hermano, debía llegarme en la sala de abajo, así que bajé.

Antes que nada observé a Smeranda. En la serenidad de su rostro noté que no tenía ninguna aprensión. Daba las órdenes para la habitual cena y los cubiertos de ambos hermanos se encontraban en los lugares habituales. No me atreví a preguntar nada. Por otro lado, ¿a quién hubiera podido hablarle? En el castillo no había nadie, salvo Kostaki y Gregoriska, que hablara las dos lenguas que yo conocía. El mínimo sonido me alteraba. Por costumbre, nos sentábamos en la mesa a las nueve.

Había bajado al salón a las ocho y media, y con la vista seguía la aguja que marcaba los minutos, cuyo movimiento era casi visible sobre el gran cuadrante del reloj. La móvil aguja se desplazó la distancia que nos separaba del cuarto de hora.

El cuarto de hora repicó y las vibraciones se oyeron profundas y tristes, a continuación, la aguja siguió su girar silencioso y nuevamente la vi recorrer la distancia con la precisión y la lentitud de la punta de un compás. Pocos minutos antes de las nueve me pareció escuchar el trote de un caballo en el patio. Smeranda también lo escuchó y giró su rostro hacia la ventana, pero la noche estaba demasiado oscura para poder reconocer objeto alguno. ¡Oh! Si en aquel momento me hubiera visto, que rápido habría presagiado lo que ocurría en mi corazón...

Se había escuchado el trote de un solo caballo, y era algo natural, pues yo estaba segura de que había vuelto un solo hombre. Pero, ¿cuál? Se oyeron algunos pasos en la antecámara, pasos lentos, como los de una persona que camina dudando. Cada uno de ellos me parecía atravesarme el corazón. Se abrió la puerta y en medio de la oscuridad pude ver dibujarse una sombra.

Esta se detuvo un instante en la puerta y mi corazón permaneció en suspenso. La sombra siguió avanzando, y a medida que entraba en el círculo de la luz, yo recuperaba el aliento.

Reconocí a Gregoriska. Algunos instantes adicionales y mi corazón se rompía. Reconocí a Gregoriska, pero se hallaba pálido como un cadáver. Con solo mirarlo se podía adivinar que había pasado algo terrible.

—¿Eres tú, Kostaki? —preguntó Smeranda.

—No, madre mía —respondió Gregoriska con la voz apagada.

—¡Ah, al fin! —respondió ella—, ¿de cuándo a acá le toca a tu madre esperarte?

—Madre mía —respondió Gregoriska viendo el reloj—, apenas son las nueve.

Y en efecto, en ese mismo instante sonaron las nueve.

—Es cierto —dijo Smeranda—. ¿Y dónde está tu hermano?

Muy a mi pesar llegó a mi mente el pensamiento de que Dios le había hecho igual pregunta a Caín. Gregoriska no respondió.

—¿Nadie ha visto a Kostaki hasta ahora? —preguntó Smeranda.

El *vatar,* es decir, el mayordomo, fue a buscar información.

—Hacia las siete —señaló él de regreso— el conde ha ido a las caballerizas, ha ensillado su caballo con sus propias manos y ha partido por el camino de Hango.

En ese momento mis ojos se cruzaron con los de Gregoriska. No sé si fue verdad o una alucinación, pero me pareció ver una gota de sangre en medio de su frente. Lentamente, llevé mi dedo a la frente señalando el punto donde yo creía ver aquella gota. Gregoriska comprendió, sacó su pañuelo y se secó.

—Sí, sí —dijo Smeranda—, habrá encontrado algún lobo o algún oso, y se habrá distraído al perseguirlo. Esa es la razón por la que un hijo hace esperar a su madre. Gregoriska, ¿dónde lo has dejado?

—Madre mía —respondió este con voz agitada pero firme—, mi hermano y yo no salimos juntos.

—Está bien —dijo Smeranda—. Vamos a comer,

cada uno se sentará en su lugar y luego ciérrense las puertas. Quien esté afuera, que duerma afuera.

Las dos primeras de estas órdenes fueron cumplidas estrictamente. Smeranda se sentó en su lugar, Gregoriska se sentó a su derecha, y yo a su izquierda. Después, la servidumbre salió para cumplir la tercera de las órdenes, es decir, para cerrar las puertas del castillo, pero en ese mismo instante se oyó un gran estrépito en el patio y un hombre entró espantado, diciendo:

—Princesa, en este momento ha entrado al patio el caballo del conde Kostaki, solo y cubierto de sangre por completo.

—¡Oh! —dijo Smeranda, alzándose pálida y amenazadora de su silla—, de la misma manera regresó una noche al castillo el caballo de su padre.

Lanzó una mirada a Gregoriska, que ya no estaba pálido, sino lívido. En efecto, el caballo del conde Koproli había vuelto una noche al castillo todo bañado de sangre, y una hora más tarde la servidumbre había encontrado y traído el cuerpo de su amo cubierto de heridas.

Smeranda tomó una antorcha de las manos de un criado, se acercó a la puerta, la abrió y bajó al patio. El caballo, asustado, era inmovilizado trabajosamente por tres o cuatro sirvientes que hacían todo tipo de esfuerzos por tranquilizarlo. Smeranda se acercó al animal, exploró la sangre que cubría la silla y vio una herida en su frente.

—Kostaki fue muerto de frente —exclamó ella—, en duelo y por un solo adversario. Hijos míos, busquen su cuerpo, que más tarde buscaremos al asesino.

Como el caballo había llegado por la puerta de Hango, todos los hombres corrieron afuera por ella, y sus antorchas se vieron desaparecer en la campiña y penetrar lo profundo del bosque, igual que en una hermosa noche de verano se ven brillar las luciérnagas en la llanura de Niza o de Pisa.

Smeranda, como si estuviera segura de que aquella búsqueda no sería muy larga, aguardó erguida en la puerta. Ninguna lágrima mojaba las mejillas de aquella madre angustiada, a pesar de ello se veía que la desesperación se agitaba, tempestuosa, en lo más hondo de su corazón... Gregoriska permanecía detrás de ella, y yo detrás de Gregoriska. Al dejar la sala, pareció desear ofrecerme su brazo, pero no se atrevió a hacerlo. De allí a un cuarto de hora vimos acercarse una antorcha en el recodo del camino, después una segunda y una tercera y, finalmente, las vimos todas. Solo que esta vez no estaban dispersas, sino agrupadas alrededor de un centro común. Ese centro era, como se pudo advertir muy pronto, unas parihuelas con un hombre tendido en ellas. Aquel fúnebre cortejo se movía muy lentamente, pero en unos diez minutos quienes la acarreaban descubrieron instintivamente su cabeza, y callados entraron en el patio donde fue colocado el cuerpo. Entonces, con un solemne gesto, Smeranda ordenó se le diera paso y puso una rodilla en tierra junto al cadáver, retiró los cabellos que le hacían un velo sobre el rostro, y permaneció contemplándolo largamente sin derramar ni una lágrima. Luego, le abrió el traje moldavo y retiró la camisa ensangrentada. La herida se encontraba en la parte derecha del pecho. Debió ser hecha con una hoja recta y de dos filos. Entonces recordé haber visto esa misma mañana, en la cintura de Gregoriska, el largo cuchillo de caza que usaba como bayoneta en su carabina. Con los ojos busqué el arma. No estaba allí. Smeranda se hizo traer agua, mojó en ella su pañuelo y lavó la herida. La sangre pura y tibia aún enrojecía la boca de la herida. El espectáculo que tenía frente a mis ojos era cruel y sublime al mismo tiempo. Aquella inmensa estancia ahumada por las antorchas de resina, aquellos rostros feroces, aquellos ojos centelleantes de crueldad, aquellos ropajes únicos, aquella madre que, frente a la visión de la sangre aún tibia, trataba de calcular hacía cuánto tiempo la muerte le había arrebatado a su hijo, aquel hondo silencio que solo era roto por los sollozos de los bandidos cuyo jefe era Kostaki, todo aquello, repito, tenía algo de cruel y sublime. Smeranda dio un beso a la frente de su hijo y se levantó, echando hacia su espalda las largas trenzas de blancos cabellos, que se habían desunido.

—¡Gregoriska! —dijo.

Gregoriska tembló, sacudió su cabeza y, saliendo de su impavidez, respondió:

—Madre mía.

—Ven aquí, hijo mío, y escúchame.

Gregoriska obedeció, temblando. Aun así, obedeció.

A medida que se acercaba al cuerpo de Kostaki, la sangre salía con más fuerza y más roja de la herida. Por fortuna Smeranda no miraba más hacia ese lado, pues ante la visión de aquella sangre no habría tenido más necesidad de encontrar al asesino.

—Gregoriska —dijo ella—, yo sé que Kostaki y tú no se veían con buenos ojos, también sé que tú eres un Waivady por parte de tu padre, y él es un Koproli por parte del suyo, pero por parte de madre, los dos son herederos de los Brankovan. Sé que tú perteneces a la ciudad occidental y él pertenece a las montañas orientales, pero por el seno que los llevó a los dos, ustedes son hermanos. ¡Pues bien, Gregoriska! Deseo saber si mi hijo será llevado a reposar junto a la tumba de su padre sin que se haya hecho el juramento, si yo podré llorar tranquila como mujer, apoyándome en ti, quiero decir en un hombre, para el castigo...

—Dígame, señora, el nombre del homicida y dé la orden. Le juro que en una hora, si usted lo demanda, habrá dejado de existir.

—Juras, bajo la pena de mi maldición, ¿lo has entendido, hijo mío? ¿Juras que el asesino morirá, que no dejarás piedra sobre piedra de su casa, que sus padres, hijos, hermanos, su esposa o su prometida morirán bajo tu mano? Júralo, y al jurarlo, invoca la cólera celeste sobre ti si faltas a esta sagrada promesa. Si faltas a esta promesa, sufrirás la miseria, el rechazo de tus amigos y la maldición de tu madre.

Gregoriska extendió la mano sobre el cadáver y dijo:

—¡Juro que el asesino morirá!

Ante aquel inusual juramento, cuyo verdadero sentido solo el muerto y yo podíamos apreciar, observé o creí observar, cómo sucedía un espantoso fenómeno. Los ojos del muerto se abrieron, se posaron sobre mí más vivos que nunca, y como si aquella mirada hubiera sido algo manifiesto, sentí que un hierro candente me penetró el corazón. No resistí el dolor y me desmayé.

Cuando recobré el sentido, me hallé acostada sobre el lecho de mi habitación. Una de las dos mujeres estaba velando a mi lado. Pregunté dónde se encontraba Smeranda, me dijeron que velaba al lado del cuerpo de su hijo. Pregunté dónde se encontraba Gregoriska, me dijeron que en el monasterio de Hango.

Ya no era preciso escapar. ¿No había muerto Kostaki? Tampoco debíamos hablar de boda. ¿Y yo, podría casarme con el fratricida? Así pasaron tres días y tres noches plagados de extraños sueños. Despierta y dormida, siempre veía aquellos ojos vivos en aquel rostro de muerto. Era una visión aterradora. Kostaki debía ser enterrado el tercer día.

Por la mañana me fue traído, enviado por Smeranda, un traje completo de viuda. Me lo puse y bajé. La casa lucía vacía, todos se encontraban en la capilla. Me dirigí hacia allá, y justo cuando trasponía el umbral, vino a encontrarme Smeranda, a quien no había visto en los últimos tres días.

Se podía decir que era el vivo retrato del dolor. Con un movimiento lento, igual que una estatua, apoyó sus helados labios sobre mi frente, y con una voz que parecía salir de ultratumba, pronunció las palabras habituales: *¡Kostaki ama a Edvige!...* No pueden imaginarse la impresión que aquellas palabras me produjeron. Esa declaración de amor expresada en presente en vez de en pasado, que decía *te ama,* y no *te amaba,* un amor del más allá que venía a reclamarme en la vida, causó una impresión terrible sobre mi corazón. Al mismo tiempo se adueñó de mí un extraño sentimiento, como si fuera realmente la mujer de aquel que había fallecido y no la prometida del que estaba vivo. Su ataúd me atraía desconsoladamente, aun en mi contra, igual que una serpiente atrae al ave fascinada por ella.

Con los ojos busqué a Gregoriska, que estaba pálido y erguido contra una columna, viendo hacia lo alto. No podría decir si me vio. Los monjes del convento de Hango rodeaban al difunto cantando versículos del rito griego, algunos armoniosos, pero en general monótonos. Yo también hubiera querido orar, pero la oración moría en mis labios. Mi mente se hallaba tan confusa que me parecía más bien que presenciaba una reunión de demonios en vez de una reunión de monjes. Cuando el cuerpo fue retirado de allí, quise seguirlo, pero mis fuerzas flaquearon. Sentí que mis piernas se doblaban y me sostuve en la puerta, entonces, Smeranda se me acercó y le hizo una seña a Gregoriska. Este se acercó y Smeranda habló en moldavo:

—Mi madre me ordena repetirte, palabra por palabra, lo que va a decir —me dijo Gregoriska.

Smeranda habló nuevamente, y cuando hubo terminado:

—Estas son las palabras de mi madre —dijo él—: Lloras por mi hijo, Edvige. Tú lo amabas, ¿verdad? Agradezco tus lágrimas y tu amor. Desde ahora, tienes una patria, una madre y una familia. Lloremos las muchas lágrimas que debemos a los muertos, luego, seamos dignas las dos de aquel que ya no está... ¡yo su madre, tú su mujer! Adiós, regresa a tu habitación. Yo iré con mi hijo hasta su última morada, cuando regrese, me encerraré en mi habitación con mi dolor, y solo volverán a verme cuando lo haya derrotado. Puedes estar tranquila, yo mataré este dolor, porque no deseo que me mate a mí.

A esta declaración de Smeranda, traducidas por Gregoriska, solo pude responder con un sollozo. Subí a mi habitación. El cortejo fúnebre se alejó y vi como desaparecía en el ángulo del camino. El convento de Hango se hallaba solo a media legua de distancia del castillo en línea recta, pero los obstáculos del terreno hacían dar muchos giros al camino, de manera que tomaba dos horas recorrer aquel espacio. Era el mes de noviembre. Los días se habían tornado cortos y fríos, y a las cinco ya la noche era oscura. Hacia las siete vi de nuevo las antorchas, el cortejo fúnebre estaba de regreso. El difunto reposaba en la tumba de su padre. Todo había terminado.

Ya les he narrado en qué singular pesadilla me hallaba presa después del fatal suceso que nos sumergió a todos en el duelo, y especialmente, después que viera cómo se abrían y se posaban sobre mí los cerrados ojos del muerto. La noche que siguió, abrumada por las emociones sentidas durante el día, estaba aún más afligida. Oía sonar las horas del reloj del castillo, y a medida que el tiempo fugitivo se acercaba al instante en que había muerto Kostaki, me sentía cada vez más melancólica. Sonaron las nueve menos cuarto. En ese momento se adueñó de mí una sensación muy extraña. Por todo mi cuerpo experimentaba un terror, un estremecimiento que me paralizaba; después, una somnolencia invencible entorpecía mis sentidos, me apretaba el pecho y me nublaba la vista. Estiré mi brazo y fui a caer de espaldas sobre el lecho. Sin embargo, no había perdido del todo los sentidos como para que no lograra escuchar cómo unos pasos se acercaban a mi puerta. Luego, vi abrirse dicha puerta y enseguida no vi ni escuché nada más. Únicamente sentí un fuerte dolor en el cuello, después de lo cual sufrí un profundo desmayo.

Volví en mí hacia la medianoche. Mi lámpara ardía aún, y traté de levantarme pero me hallaba tan débil que tuve que intentarlo un par de veces. Finalmente, logré superar aquella debilidad y, ya despierta, sentía en mi cuello el mismo dolor que había experimentado en el sueño. Caminé apoyándome en el muro hasta el espejo y observé. Algo similar a la punzada de un alfiler marcaba la arteria de mi cuello. Supuse que algún insecto me había picado mientras dormía, y como estaba abatida por el agotamiento, me acosté nuevamente y me dormí. En la mañana me desperté como era habitual, pero en ese momento sentí una debilidad como la que había sentido una sola vez en mi vida, la mañana siguiente de un día en que fui sangrada. Me vi en el espejo, y me asombró mi exagerada palidez. El día pasó triste y oscuro, y yo advertía algo singular: cuando me hallaba en un lugar experimentaba la necesidad de permanecer allí, cualquier cambio de posición me agotaba.

Al llegar la noche, me trajeron la lámpara. Mis mujeres, según yo lograba entender por sus gestos, me ofrecieron permanecer conmigo. Se los agradecí y se fueron. A la misma hora que la noche anterior sentí los mismos síntomas. Entonces, quise ponerme de pie y pedir ayuda, pero no logré llegar a la puerta. Vagamente escuché dar las nueve menos cuarto, sonaron los pasos, se abrió la puerta, pero yo no lograba ver ni escuchar nada, e igual que la noche anterior, caí de espaldas sobre el lecho. Igual que la noche anterior sentí un dolor en el mismo lugar. Igual que la noche anterior me desperté a medianoche, pero más demacrada y más débil aún. Al día siguiente se repitió la horrible pesadilla.

Estaba decidida a bajar a las habitaciones de Smeranda, por muy débil que me sintiera, cuando entró en mi estancia una de mis mujeres pronunciando el nombre de Gregoriska. El joven venía con ella. Traté de levantarme para recibirlo, pero volví a caer en el sillón. Él lanzó un grito al verme y quiso lanzarse hacia mí, pero encontré la fuerza para estirar mi brazo hacia él.

—¿Qué has venido a hacer aquí? —le pregunté.

—¡Ay! —exclamó— ¡Vine a decirte adiós! A decirte que me retiro de este mundo que se me hace intolerable sin tu amor y sin tu presencia. Vine a comunicarte que me retiro al monasterio de Hango.

—Gregoriska, te hallas privado de mi presencia, pero no de mi amor. ¡Ay! Te amo muchísimo y mi mayor dolor es que, en adelante, este amor es casi un delito.

—Entonces, ¿puedo esperar que reces por mí, Edvige?

—Sí, aunque no podré hacerlo por un largo tiempo —le respondí con una sonrisa.

—¿Y por qué no? La verdad es que te veo muy abatida. Dime, ¿qué tienes? ¿Por qué estás tan pálida?

—Porque... la verdad es que Dios tiene piedad de mí, y me llama hacia él.

Gregoriska se me acercó y me sostuvo una mano que no tuve fuerzas para retirar. Y viéndome fijamente al rostro, exclamó:

—¡Edvige, esa palidez no es normal! ¿Cuál es la razón?

—Si te la dijera... Gregoriska, creerás que estoy loca.

—No, no. Habla, Edvige, te lo ruego. Estamos en un país que no es similar a ningún otro, en una familia que no se parece a ninguna otra. Dímelo. Dímelo todo, te lo ruego.

Le conté todo: la extraña alucinación que se apoderaba de mí a la hora en que Kostaki debió morir, el terror, el letargo, el frío glacial, la debilidad que me hacía caer de espaldas sobre el lecho, el ruido de pasos que me parecía escuchar, la puerta que me parecía ver abrirse, y finalmente ese agudo dolor en el cuello que estaba seguido de mi palidez y mi debilidad, cada vez mayores. Pensé que mi relato le parecería a Gregoriska un inicio de locura, y estaba terminando con algo de timidez, cuando me di cuenta que, por el contrario, me estaba prestando mucha atención.

Cuando terminé de hablar, Gregoriska pensó por un instante.

—¿De modo —preguntó él— que te duermes cada noche a las nueve menos cuarto?

—Sí, a pesar de los esfuerzos que hago para resistir el sueño.

—¿Y a la misma hora crees ver que se abre tu puerta?

—Así es, aunque pase el cerrojo.

—¿Y después sientes un fuerte dolor en el cuello?

—Sí, aunque sea poco evidente la señal de la herida.

—¿Me permites verla?

Incliné mi cabeza hacia atrás y él estudió la cicatriz.

—Edvige —me dijo Gregoriska después de reflexionar un rato—, ¿tienes confianza en mí?

—¿Me lo preguntas? —respondí.

—¿Tú crees en mi palabra?

—Como creo en el Evangelio.

—Edvige, por mi fe, te juro que no tienes ocho días de vida si no estás de acuerdo en hacer, hoy mismo, lo que voy a decirte.

—¿Y si estoy de acuerdo?

—Si lo haces, tal vez te salves.

—¿Tal vez?

Él guardó silencio.

—Ocurra lo que ocurra, Gregoriska —seguí diciendo yo—, haré todo aquello que tú me ordenes hacer.

—Entonces, escucha —dijo él—, y ante todo no te asustes. En tu país, igual que en Hungría y en Rumania, hay una leyenda...

Comencé a temblar, porque esa leyenda regresó a mi memoria.

—¡Ah! Entonces ¿sabes lo que te voy decir?

—Sí —respondí—, en Polonia observé a ciertas personas sufrir del espantoso hecho.

—Estás hablando del vampiro, ¿no es cierto?

—Sí. Siendo niña aún, me ocurrió que vi desenterrar en el cementerio de una aldea, perteneciente a mi padre, cuarenta personas fallecidas en quince días sin que, en ningún caso, se hubiera podido determinar la razón de su muerte. Diecisiete de esos cadáveres mostraron todos los signos de vampirismo, es decir, fueron desenterrados tan frescos como si hubieran estado vivos, y los otros eran sus víctimas.

—¿Y qué hicieron para liberar a la aldea de eso?

—Se les clavó una estaca en el corazón y después fueron quemados.

—Sí, es lo que se acostumbra hacer, pero eso no es suficiente para nosotros. Para librarte de tu fantasma, antes quiero conocerlo, y ¡juro por Dios que lo conoceré! Sí, y si es necesario, lucharé cuerpo a cuerpo con él, quienquiera que sea.

—¡Oh, Gregoriska! —exclamé espantada.

—Quienquiera que sea, lo repito. Pero para llevar a buen término esta espantosa aventura, es necesario que aceptes hacer todo lo que voy a exigirte.

—Habla.

—Debes estar lista a las siete. Ve a la capilla, pero ve sola. Edvige, es preciso que superes a toda costa tu debilidad. Allí recibiremos la bendición conyugal. Acéptame, amada mía, para cuidar de ti. Después regresaremos de nuevo a esta habitación, y entonces esperaremos.

—¡Oh! Gregoriska, si es él te matará.

—No tengas miedo, querida Edvige. Solamente acepta.

—Gregoriska, sabes bien que haré todo aquello que me pidas.

—Entonces, hasta luego en la noche.

—Sí. Haz lo que creas más pertinente, yo te apoyaré lo mejor que pueda. Adiós.

Se fue. Un cuarto de hora más tarde observé a un caballero lanzarse a toda carrera por el camino del monasterio. Era él.

Apenas lo perdí de vista, caí de rodillas y recé. Recé como ya no se reza en las tierras sin fe, y esperé a que dieran las siete, entregando a Dios y a los santos el sacrificio de mis pensamientos. Solo me levanté al sonar las siete. Me encontraba débil como una moribunda y tan pálida como una muerta. Me puse sobre la cabeza un largo velo negro, bajé la escalera apoyándome en la pared y fui a la capilla, donde no encontré a nadie.

Gregoriska estaba esperando con el padre Basilio, sacerdote del monasterio de Hango. Sostenía una espada santa, reliquia de un antiguo cruzado que luchó en la toma de Constantinopla junto a Villehardouin y Baldwin de Flandes.

—Edvige —dijo él, golpeando la espada con su mano—, con la ayuda de Dios, esta espada romperá el conjuro que amenaza tu vida. Acércate pues, sin temor, este hombre santo, que ya ha escuchado mi confesión, recibirá nuestros juramentos.

Empezó la ceremonia. Posiblemente nunca otra fuera más simple y al mismo tiempo más solemne. Nadie ayudó al monje, él mismo colocó sobre nuestras cabezas las coronas nupciales. Los dos vestidos de luto, giramos alrededor del altar con un cirio en la mano. Luego el sacerdote, después de pronunciar las sacras palabras, añadió:

—Retírense ahora, hijos míos, y que Dios les dé la fuerza y el coraje para luchar contra cualquier enemigo del género humano. Armados con su inocencia y protegidos por la justicia del Señor, vencerán al demonio. Vayan y benditos sean.

Besamos los libros sagrados y salimos de la capilla. En ese momento, por primera vez, me apoyé en el brazo de Gregoriska y sentí que, al contacto con aquel fuerte brazo y con aquel corazón noble, la vida regresaba a mis venas. Tenía certeza en el triunfo, porque Gregoriska estaba a mi lado. Subimos a mi habitación. Sonaron las ocho y media.

—Edvige —me dijo entonces—, no tenemos tiempo que perder. ¿Deseas dormir, como de costumbre, para que todo ocurra durante tu sueño, o prefieres permanecer despierta y verlo todo?

—A tu lado, nada temo. Deseo permanecer despierta y verlo todo.

Gregoriska sacó de su pecho una rama de boj todavía húmeda de agua bendita y me la entregó.

—Sostén esta ramita —me dijo—, acuéstate en tu lecho, recita las plegarias de la Virgen y espera sin temor. Dios está de nuestro lado. Sobre todo cuídate de no dejar caer esa rama, ya que con ella podrás mandar incluso en el infierno. No me llames, no grites, solamente reza, confía y espera.

Me acosté en el lecho. Crucé las manos sobre mi pecho y encima puse la ramita bendecida. Gregoriska se escondió detrás del trono que ya les mencioné. Yo contaba los minutos, y seguramente mi esposo también lo hacía. Sonaron los tres cuartos de hora. Resonaba todavía el tañer del martillo cuando me sentí paralizada por el mismo sopor, el mismo terror y el mismo frío glacial de los días anteriores. Acerqué la rama bendita a mis labios y esa primera sensación se disipó. Entonces, escuché claramente el sonido de aquel conocido andar lento y comedido que subía cada peldaño de la escalera y se acercaba a la puerta. Esta comenzó a abrirse lentamente, sin ruido, como empujada por una fuerza sobrenatural y entonces... (la voz se apagó a medias, casi ahogada en la garganta de la narradora)… y entonces observé a Kostaki, demacrado como lo había visto en las parihuelas. Los largos cabellos negros, que le caían sobre la espalda, goteaban sangre. Estaba vestido como de costumbre, pero tenía el pecho descubierto y dejaba ver la sangrante herida. Todo en él estaba muerto, todo era cadáver... carne, ropas, porte... únicamente sus ojos, aquellos espantosos ojos, estaban vivos.

Frente a aquella aparición, ¡es muy raro decirlo!, en vez de sentir que se duplicaba mi pánico, sentí que me aumentó el valor. Seguramente Dios me lo enviaba para decidir mi situación y protegerme del infierno. Al primer paso que aquel espectro dio hacia mí, temerariamente fijé mis ojos en su rostro y le mostré la rama bendita. El espectro trató de avanzar, pero un poder más poderoso que él lo mantuvo en el sitio. Se detuvo, murmurando:

—¡Oh, no está dormida! Lo sabe todo.

Dijo estas palabras en lengua moldava, no obstante las comprendí como si hubieran sido dichas en una lengua por mí conocida.

Nos encontrábamos así, uno frente al otro, el espectro y yo, sin que pudiera apartar mis ojos de los suyos, cuando con el rabillo del ojo observé a Gregoriska salir de atrás del dosel, igual que un ángel exterminador y sosteniendo la espada en el puño. Se hizo la señal de la cruz con la mano izquierda, y avanzó despacio con la espada extendida hacia el fantasma; este, al ver a su hermano, también desenvainó un sable, soltando una espantosa carcajada, pero apenas su sable tocó aquel hierro bendito, su brazo quedó paralizado junto al cuerpo. Kostaki dio un suspiro de rabia y desesperación.

—¿Qué deseas de mí? —le preguntó a su hermano.

—En nombre del Dios verdadero y existente —comenzó Gregoriska—, te conjuro a que respondas.

—Habla —respondió el espectro rechinando los dientes.

—¿Te he tendido yo alguna emboscada?

—No.

—¿Te he asaltado yo?

—No.

—¿Te he herido yo?

—No.

—Fuiste tú mismo quien se arrojó sobre mi espada y quien corrió al encuentro de la muerte. Entonces, ante Dios y ante los hombres, yo no soy culpable del delito de fratricidio. Entonces, no has recibido una misión divina sino del infierno y has salido de tu sepulcro no como una sombra santa, sino como un espectro maldito. Entonces, regresarás a la tumba.

—¡Lo haré con ella! —exclamó Kostaki, haciendo un máximo esfuerzo para apoderarse de mí.

—¡Regresarás allí solo! —exclamó a su vez, Gregoriska—. Esta mujer me pertenece.

Y al decir aquellas palabras tocó con la punta del hierro bendito la sangrante herida. Kostaki dio un grito, como si lo hubieran quemado con una espada de fuego y, poniendo una mano sobre su pecho, dio un paso atrás. Al mismo tiempo, Gregoriska, con un paso que parecía coordinado con el de su hermano, avanzó hacia adelante. Entonces, con la mirada fija en los ojos del muerto, con la espada apoyada en el pecho de su hermano, comenzó un recorrido lento, terrible, ceremonioso. Era algo parecido al pasaje de Don Juan y el comendador. Aquel espanto retrocedía bajo la presión de la espada bendecida, bajo la indomable voluntad del campeón de Dios, que lo seguía paso tras paso, sin decir ni una palabra, ambos jadeantes, ambos con los rostros pálidos, el vivo empujando al muerto y forzándolo a dejar el castillo, su previa morada, para regresar a su tumba, su futura morada... Puedo asegurarles, a fe mía, ¡que era algo horrendo de ver! No obstante, yo misma, movida por una fuerza superior, intangible, desconocida, sin consciencia de lo que hacía, me levanté y los seguí. Bajamos la escalera, iluminados por las brillantes pupilas de Kostaki. Cruzamos la galería y el patio, y luego cruzamos la puerta, siempre con el mismo paso regulado, el espectro retrocediendo, Gregoriska con el brazo extendido, y yo detrás de ellos.

Esta fantástica marcha se prolongó por una hora, pues era necesario regresar el cadáver a su tumba; pero en vez de ir por el camino habitual, Kostaki y Gregoriska cruzaron el terreno en línea recta, teniendo poco cuidado de los obstáculos, que ya no existían para ellos. El suelo se allanaba, los torrentes se secaban, los árboles se apartaban, las rocas se abrían. Para mí sucedía el mismo milagro, solo que percibía el cielo todo cubierto por un velo negro, la luna y las estrellas habían desaparecido y en medio de la oscuridad solo veía brillar los llameantes ojos del vampiro. De esa manera llegamos a Hango y cruzamos a través del cercado vivo de plantas que servían de cerco al cementerio. Apenas llegamos, entre las sombras pude ver la tumba de Kostaki junto a la de su padre. Logré reconocerla aunque no sabía que estaba allí. Nada me era desconocido esa noche.

Gregoriska se paró al borde de la fosa abierta.

—¡Kostaki! —le dijo—, no todo ha terminado para ti. Una voz del cielo me dice que puedes ser perdonado si te arrepientes. ¿Prometes volver a tu tumba y no volver a salir de ella? ¿Prometes consagrar a Dios el culto que consagraste al infierno?

—¡No! —respondió Kostaki,

—¿Te arrepientes? —le preguntó Gregoriska.

—¡No!

—Por última vez, ¿te arrepientes?

—¡No!

—¡Pues, bien! Invoca la ayuda del demonio como yo invoco la de Dios. Ya veremos quién saldrá vencedor esta vez.

Se oyeron dos gritos simultáneamente. Los hierros se cruzaron lanzando centellas y aquella lucha duró un minuto, que pareció una eternidad. Kostaki cayó. Observé alzarse la temible espada de su hermano, clavarla en el cadáver y clavar ese cadáver sobre la tierra recién removida. Un último grito que no tenía nada de humano se levantó por los aires. Corrí. Gregoriska estaba de pie, aunque lucía vacilante. Le brindé apoyo con mis brazos.

—¿Estás herido? —le pregunté nerviosa.

—No, pero en este duelo, querida Edvige, es la lucha, no la herida, la que mata. Yo he luchado con la muerte y a ella pertenezco.

—¡Amigo, amigo! —exclamé—, aléjate de aquí y seguro vuelves a la vida.

—No, Edvige, esta es mi tumba… Pero no hay tiempo que perder, toma un poco de esta tierra bañada con su sangre y colócala sobre la mordedura que te hizo. Es el único remedio que puede protegerte en el futuro de su espeluznante amor.

Obedecí temblorosa. Me incliné para tomar aquella tierra ensangrentada, y al doblarme observé el cadáver clavado en el suelo. La espada bendita le había atravesado el corazón, y una sangre oscura brotaba profusamente de la herida, como si hubiera fallecido en ese momento.

Amasé un poco de tierra con aquella sangre, y apliqué sobre mi cuello el espantoso talismán.

—Ahora, mi amada Edvige —dijo Gregoriska con la voz apagada—, oye bien mi último pedido. Deja este país apenas te sea posible. Solo la distancia es segura para ti. El padre Basilio recibió hoy mi última voluntad y esta se cumplirá. Edvige, un beso. El último, nuestro único beso ¡Edvige, me muero!

Y diciendo esto, Gregoriska cayó junto a su hermano.

En cualquier otra situación, en medio de aquel cementerio, al lado de aquel sepulcro abierto, con aquellos dos cadáveres caídos uno junto al otro, hubiera enloquecido, pero como ya lo mencioné, Dios me había dado una fuerza igual a aquellos acontecimientos, de los que él me había hecho no solo testigo, sino también actriz. Mientras veía a mi alrededor en busca de ayuda, vi cómo se abría la puerta del monasterio, y vi avanzar a los monjes en pares guiados por el padre Basilio, llevaban cirios ardientes y rezaban las plegarias de difuntos. El padre Basilio había llegado al monasterio hacía poco y, previendo lo ocurrido, se dirigió al cementerio con toda la congregación. Me halló viva al lado de los dos muertos. Una última convulsión había deformado el rostro de Kostaki, mientras que Gregoriska lucía tranquilo y casi sonriente. Fue sepultado, como él lo manifestara, junto a su hermano. El cristiano junto al maldito. Smeranda, cuando se enteró de la nueva desgracia, quiso verme. Fue a buscarme al monasterio de Hango, y se enteró de mis labios de lo que había sucedido aquella terrible noche.

Le narré todos los detalles de la fantástica historia, pero ella me escuchó, como antes me escuchara Gregoriska, sin mostrar ni sorpresa ni espanto. Después de un instante de silencio, me dijo:

—Edvige, por muy extraño que parezca lo que me has contado, solo has dicho la verdad. La estirpe de los Brankovan está maldita hasta la tercera y la cuarta generación, debido a que un Brankovan asesinó a un sacerdote. La maldición ha terminado, ya que tú, aunque esposa, eres virgen, y conmigo se extingue el linaje. Si mi hijo te ha dejado en herencia un millón, tómalo. Después de mi muerte, aparte de los piadosos legados que tengo el deseo de hacer, recibirás el resto de mis bienes. Y ahora sigue el consejo de tu esposo. Regresa lo más pronto que puedas a aquellas tierras donde Dios no deja que sucedan fenómenos tan espantosos. No necesito a nadie que llore a mi lado a mis hijos. Mi dolor desea soledad. Adiós, ya no me tengas más en cuenta. Mi futuro me pertenece solo a mí y a Dios.

Y después de besarme en la frente como solía hacerlo, me dejó y fue a encerrarse en el castillo de los Brankovan.

Ocho días más tarde partí hacia Francia. Tal como lo esperaba Gregoriska, mis noches ya no fueron turbadas por el terrible espectro. Mi salud se restableció, y de aquel hecho no me quedó otro recuerdo aparte de esta mortal palidez que suele acompañar hasta la tumba a todo ser humano que ha recibido el beso de un vampiro.

Un extraño suceso en la vida de Schalken, el pintor

Joseph Sheridan Le Fanu (1814-1873)

Mi querido amigo, sin duda lo asombrará el tema de la presente narración.

¿Qué tengo que ver yo con Schalken o Schalken conmigo? No hay duda de que habría regresado a su país natal, y seguramente ya estaría muerto y enterrado antes de mi nacimiento. Nunca estuve en Holanda ni hablé con un oriundo de ese país. Creo que usted ya sabe todo esto. Entonces, en primer lugar, debo justificar que sé de buena tinta esto que sé, y exponerle con honestidad cómo ha llegado hasta mí esta rara historia que voy a narrar ante usted.

En mis años mozos, mantuve amistad con cierto capitán Vandael, cuyo padre había servido al rey Guillermo en los Países Bajos e igualmente en mi perjudicada patria durante la campaña irlandesa. No sé por qué razón me gustó la compañía de este hombre, pues no coincidíamos ni en ideas políticas ni en religión, pero el caso es que me resultaba agradable, y justamente gracias al libre intercambio de opiniones que nuestra amistad permitió, llegué a enterarme del extraño relato que usted leerá seguidamente. Frecuentemente me había llamado la atención, cuando visitaba la casa de Vandael, un cuadro considerable en el que, aunque yo no era ningún *connoisseur*, no podía dejar de observar ciertas peculiaridades muy llamativas, especialmente en la distribución de las luces y las sombras, así como también cierta particularidad en el dibujo mismo, las cuales atraparon mi interés.

El cuadro mostraba el interior de lo que podría considerarse la estancia de algún viejo edificio religioso. El primer plano estaba ocupado por una figura femenina cubierta con una especie de blanca túnica, cuya parte superior cubría parcialmente su cabeza como un velo. No obstante, aquel hábito no pertenecía estrictamente a ninguna congregación religiosa definida. En su mano, la figura llevaba una lámpara, a cuya única luz se notaban iluminadas su figura y su cara; las facciones estaban animadas por una pícara sonrisa, similar a la que las mujeres hermosas suelen mostrar cuando han realizado, con éxito, alguna travesura. Al fondo, enteramente en las sombras, salvo en un rincón, donde se notaba la débil luz roja de un agonizante fuego que servía para delinear las formas, se levantaba la figura de un hombre trajeado a la usanza antigua, con chalequillo y todo lo demás, en postura de alarma, con su mano apoyada en la empuñadura de la espada, la cual daba la impresión que estaba a punto de desenvainar.

—Hay cuadros —le comenté a mi amigo—, que le dan a uno, no sé la razón, la impresión de que muestran no solo las formas ideales que se han desarrollado en la imaginación del artista, sino circunstancias, rostros y situaciones que algún día fueron ciertos. Cuando veo este cuadro tengo la seguridad de que estoy observando la representación de un hecho real.

Vandael sonrió y, posando su vista sobre el cuadro, murmuró:

—Su pensamiento no lo engaña, mi buen amigo, pues este cuadro es evidencia, y creo que bastante fiel, de un hecho notable y misterioso. Fue pintado por Schalken, y el rostro de la figura femenina que ocupa el plano más destacado de la obra es un retrato exacto de Rose Velderkaust, sobrina de Gerard Dou, quien fue el primero y supongo que el único amor de Godfrey Schalken. Mi padre conoció de cerca al pintor, y supo de su propia boca la historia de la misteriosa desgracia, una de cuyas escenas reproduce en este cuadro. Esta tela, que está considerada como un exquisito ejemplo del estilo de Schalken, fue traspasada a mi padre por deseo del artista, y, tal como usted ha notado, es una producción tan extraordinaria como interesante.

Le pedí a Vandael que me narrara la historia del cuadro y fui complacido en el acto. Así es como ahora puedo brindarle a usted una fiel relación de todo lo que escuché yo mismo, dejando a su criterio el objetar o aceptar la veracidad de los hechos. Solo le haré una única observación: que Schalken fue un holandés rudo y honesto, absolutamente incapaz de dejarse llevar por su imaginación. Y otra cosa, que Vandael, de quien escuché la historia, lucía firmemente convencido de su autenticidad.

Pocos seres existen sobre los que el manto del misterio y de lo novelesco parece emerger más tenebrosamente que sobre la del rudo y tosco Schalken —el rústico holandés—, hombre basto y terco pero, asimismo, el más diestro de los pintores cuyas obras fascinan a los expertos de la actualidad, casi tanto como sus modales contrariaron a los refinados de su tiempo. No obstante, este hombre tan tosco, tan terco, tan negligente, casi podría decirse que salvaje en su porte y modales durante su periodo de éxito posterior, había sido escogido, en su años púberes, por una caprichosa diosa como el héroe de una fábula dotada de interés y misterio. ¿Quién podría decir cuán capaz habría sido en sus años mozos para hacer el papel de amante o de héroe? ¿Quién podría decir que en su juventud haya sido el hombre torpe, huraño y rudo patán que fue en su edad madura? ¿O hasta qué punto su negligente brusquedad, que más tarde caracterizó su apariencia y modales, no puede haber sido el resultado de esa glacial indiferencia que nace con frecuencia en las amargas desgracias y ahogos de los años tempranos?

Estas preguntas nunca podrán ser contestadas. Debemos alegrarnos, pues, con la sencilla relación de los hechos o, por lo menos, de aquello que como hechos se han escuchado y transmitido, dejando de lado cualquier especulación.

En su época de estudios junto al inmortal Gerard Dou, Schalken era un adolescente. Y a pesar de su constitución flemática y de los rígidos modales que mostraba (según tenemos entendido), igual que la mayoría de sus coterráneos, no era capaz de mostrar hondas y vivas emociones. Está probado que el joven pintor sentía un formidable interés por la hermosa sobrina de su poderoso maestro. Rose Velderkaust era muy joven para entonces y no había alcanzado, en el momento al que se refiere esta narración, los diecisiete años aún; y, si la historia es cierta, la joven poseía todos los amables y risueños encantos de las hermosas y rubias doncellas flamencas.

Schalken aún no tenía aún mucho tiempo estudiando en la escuela de Gerard Dou cuando comenzó a sentir que esta atracción se hacía más intensa, hasta transformarse finalmente en un sentimiento más profundo y fuerte de lo que era compatible con la tranquilidad de su honesto corazón holandés. A su vez, él reconoció, o creyó reconocer, síntomas favorables de reciprocidad en el objeto amado, lo cual terminó con cualquier indecisión que hasta ese momento pudiera haber tenido y fue suficiente para que decidiera consagrarle a ella, exclusivamente, todas las ilusiones y sentimientos de su corazón. Expresado en pocas palabras, estaba tan enamorado como puede enamorarse un holandés. No tardó en dar a conocer su amor a la joven que lo inspiraba, y esta declaración causó una confesión parecida por parte de la hermosa doncella.

Pero Schalken era un hombre sin recursos y no tenía ninguna compensación ventajosa, en relación a su linaje o de cualquier otro tipo, que motivara al viejo maestro a permitir una unión que llevara a su sobrina y ahijada a conocer las dificultades de un joven artista sin amigos y sin fortuna. Sin embargo, estaba dispuesto a esperar hasta que el tiempo le diera la oportunidad de lograr el éxito, y si sus trabajos eran lo suficientemente remunerados, podía esperarse que su proposición fuera escuchada por el celoso tutor. Transcurrieron los meses y, motivado por las sonrisas de la joven Rose, las energías de Schalken se redoblaron de tal manera que rápidamente pudo sostener esperanzas razonables de que se cumplieran sus deseos, así como de lograr fama y reconocimiento en su arte antes de que pasaran muchos años. Sin embargo, el curso de esta oportuna prosperidad estaba destinado a sufrir una tremenda y repentina interrupción; la cual, además, fue de un tenor tan extraño y misterioso que impediría cualquier investigación posterior y arrojaría sobre los hechos una sombra de horror casi sobrenatural.

Schalken había permanecido una tarde en el estudio de su maestro hasta mucho más tarde que sus compañeros, quienes, menos laboriosos, habían decidido aprovechar alegremente la excusa que les brindaba la media luz del crepúsculo para dejar sus tareas y concluir la jornada en el alegre jolgorio de la taberna. Pero Schalken estaba trabajando por lograr la perfección, o, mejor dicho, el amor. Además, en ese momento se encontraba ocupado esbozando un dibujo, labor que, a diferencia de la de colorear, podía prolongar mientras hubiera luz suficiente para ver el lienzo y el carboncillo. Todavía no había descubierto, y claro está que lo hizo mucho después, los especiales poderes de su lápiz, y en esa oportunidad se dedicaba a la composición de un grupo de duendes y demonios en extremo pícaros y grotescos, dados a la tarea de causar ingeniosos tormentos a un gordo y sudoroso San Antonio inclinado en medio de ellos, aparentemente en avanzado estado de embriaguez.

El joven artista, no obstante, aunque era capaz de ejecutar, e inclusive de considerar algo realmente sublime, tenía, a pesar de ello, la sensatez suficiente para no caer en el vicio de la complacencia frente a su propia obra, y habían sido muchas las pacientes borraduras y correcciones que habían sufrido los miembros y los gestos del santo y los demonios, sin que ninguna de ellas causara, en su nuevo arreglo, ninguna mejoría en el efecto general. El inmenso salón, pasado de moda, se encontraba en silencio y, salvo su presencia, totalmente desierto. La luz del día ya había disminuido y el atardecer le iba dando paso con rapidez a la oscuridad de la noche. La paciencia del joven se había agotado, y se quedó de pie frente a su incompleta producción, enfrascado en no muy gratas reflexiones, tenía una mano enterrada entre las greñas de su largo cabello oscuro, y la otra sostenía el trozo de carboncillo con el que tan mal trazaba su obra y que comenzó a frotar con disgustada prisa, sin preocuparse demasiado por las rayas negras que esto dibujaba sobre sus anchos pantalones flamencos.

—¡Pssss! —expresó el joven en voz alta—. ¡Este cuadro terminará, con diablos, santo y todo, en el lugar donde debería estar: en el infierno!

Una breve y repentina carcajada, lanzada sorprendentemente al lado de su oído, contestó al momento su exclamación. Velozmente, el artista giró en redondo y por primera vez advirtió que un desconocido había estado observando sus esfuerzos. A cosa de metro y medio detrás de él se encontraba un hombre, al parecer de cierta edad; usaba una capa corta y un sombrero de ala ancha y copa cónica y en su mano, que se hallaba protegida por un pesado guante, sostenía un largo bastón de ébano terminado en lo que lucía —pues así resplandecía delicadamente en la media luz— como una firme empuñadura de oro. Sobre su pecho, entre los dobleces de la capa, chispeaban los eslabones de una gran cadena del mismo material.

La habitación se encontraba tan oscura que no se podían ver los detalles de aquella figura, ya que su cara se encontraba oscurecida por la pesada ala del sombrero y no era posible reconocer sus rasgos. Debajo del tenebroso sombrero se escapaba una masa de cabello oscuro, hecho que, junto a la postura firme y erguida del intruso, señalaba que su edad aproximada no debía superar los sesenta años. Se observaba gravedad e importancia en el porte de este individuo, también algo indescriptiblemente raro, casi terrorífico, en la perfecta y pétrea quietud de aquella figura que había reprimido tan repentinamente los enojados insultos que había comenzado a proferir el disgustado artista. Este, tan pronto se hubo recuperado de la sorpresa, le pidió educadamente al desconocido que se sentara, y le preguntó si tenía algún mensaje que darle a su maestro.

—Dígale a Gerard Dou —respondió el desconocido, sin modificar lo más mínimo su actitud— que Minheer Vanderhausen, de Rotterdam, quiere hablar con él mañana durante la tarde a esta misma hora, y si lo desea en esta misma habitación, sobre cuestiones de peso. Eso es todo. Buenas noches.

El hombre, una vez que finalizó de dar su mensaje, giró bruscamente, y con pasos veloces, pero silenciosos, dejó la estancia antes de que Schalken tuviera tiempo de decir una sola palabra en respuesta a las suyas. El joven tuvo curiosidad por saber qué dirección tomaría el individuo de Rotterdam al salir del taller y, con ese objetivo, fue hasta la ventana que daba justo sobre el portal de la calle. Entre la puerta interior del taller del artista y el portal de salida a la calle había un corredor de gran extensión, de manera que Schalken ocupó su lugar de observación mucho antes de que el viejo caballero hubiera podido llegar a la puerta.

Sin embargo, aguardó en vano. No existía otra salida. ¿Aquel hombre se habría desvanecido? A lo mejor se había quedado espiando en algún rincón del corredor. Esta posibilidad le provocó a Schalken un vago terror, que muy pronto llegó a ser tan inexpresablemente fuerte que lo aterró por igual permanecer en la estancia solitaria o cruzar el corredor. Sin embargo, y haciendo un esfuerzo aparentemente desmedido al que requería la ocasión, juntó el valor suficiente para dejar la habitación, y después de cerrar con doble llave la puerta y guardar aquella en su bolsillo, cruzó sin ver ni a derecha ni a izquierda, a través del corredor que tan recientemente había contenido —y posiblemente aún contenía— al misterioso visitante, sin atreverse siquiera a respirar hasta que alcanzó la calle.

—Minheer Vanderhausen —repetía Gerard Dou al día siguiente, cuando ya estaba cerca la hora de la cita—. ¡Minheer Vanderhausen, de Rotterdam! Nunca había escuchado ese nombre hasta ayer. ¿Qué podrá desear de mí? ¿Tal vez que le pinte un retrato, o que le enseñe el oficio a un hijo suyo o a un familiar pobre, o que valore una colección, o...? Bueno, no conozco a nadie en Rotterdam que me pueda dejar una herencia. Sea cual sea el negocio, pronto sabremos de qué se trata.

Caía la tarde y no habían alumnos frente a ninguno de los caballetes, salvo el de Schalken. Gerard Dou recorría el taller con inquietos pasos de impaciente espera, tatareando eventualmente una estrofa de una pieza musical que estaba componiendo él mismo, pues, aunque no muy entendido en este arte, le encantaba. A veces se paraba a observar el trabajo de sus ausentes discípulos, pero lo que hacía con más frecuencia era pararse en la ventana, desde donde podía ver a los transeúntes que recorrían el oscuro corredor que daba a su estudio.

—Godfrey, ¿no mencionaste —exclamó Dou, después de una larga e inútil espera en su lugar de observación y volviéndose hacia Schalken—, no mencionaste que la cita era a las siete por el reloj del ayuntamiento?

—Señor, acababan de sonar las siete cuando lo observé por primera vez —respondió el estudiante.

—Entonces, falta muy poco para esa hora —señaló el maestro, examinando un reloj tan grande y tan redondo como una naranja en la plenitud de su madurez—. Minheer Vanderhausen, de Rotterdam, ¿es así?

—Sí. Ese era su nombre.

—¿Hombre de cierta edad, ricamente vestido? —siguió Dou.

—Así lo percibí yo —replicó el discípulo—, no era un hombre joven y tampoco era un anciano, y sus ropas lucían ricas y sobrias, de hombre pudiente y respetado.

En ese instante, con sonoro estruendo, el reloj del ayuntamiento dio, campanada tras campanada, las siete. Los ojos, tanto del maestro como del discípulo, se dirigieron a la puerta, y solo cuando terminó de sonar el último eco de la vieja campana, dijo Dou:

—Bueno, bueno, su merced ya no tardará en llegar, es decir, si cumple su palabra. Si no, te quedarás tú a esperarlo, Godfrey, si es que quieres mantener amistad con ese antojadizo ricachón. Por lo que a mí atañe, pienso que aquí en nuestra vieja Leyden hay bastantes hombres de esos para que sea necesario traerlos de Rotterdam.

Schalken rio como por compromiso y, después de una pausa de algunos minutos, Dou señaló de pronto:

—¿Y si todo esto no fuera otra cosa que una broma, una farsa ordenada por Vankarp o por alguien más? Me gustaría que hubieras corrido el riesgo y le hubieras propinado una buena tunda al viejo burgomaestre, lugarteniente o lo que sea. Apostaría una bolsa de monedas a que su merced habría invocado una vieja amistad antes de la tercera aplicación.

—Señor, aquí llega —dijo Schalken con voz baja y recriminatoria y, volviéndose de inmediato hacia la puerta, Gerard Dou vio la misma figura con la que tan sorpresivamente había tropezado su discípulo Schalken el día anterior.

Algo en el aire y en el porte de aquella figura enseguida persuadió al pintor de que no era una farsa de ningún tipo y de que, ciertamente, estaba frente a un hombre de clase, por ello, se quitó el sombrero sin dudar y, saludando educadamente al desconocido, le pidió que se sentara. El visitante movió suavemente su mano, en reconocimiento de la cortesía, pero siguió de pie.

—¿Tengo el placer de hablar con Minheer Vanderhausen, de Rotterdam? —preguntó Gerard Dou.

—El mismo —fue la breve respuesta del visitante.

—Entiendo que usted desea hablar conmigo —siguió Dou—. Aquí me tiene, según se me citó, esperando sus órdenes.

—¿Él es hombre de confianza? —preguntó Vanderhausen señalando a Schalken, que estaba a corta distancia detrás de su maestro.

—Ciertamente —respondió Gerard.

—Entonces, pídale que tome esta caja y busque al joyero u orfebre más cercano para que tase su contenido y luego regrese aquí con un certificado de su valor.

En ese momento colocó un pequeño estuche, como de nueve pulgadas cuadradas, sobre las manos de Gerard Dou, quien quedó muy sorprendido por su peso, así como por la extraña rudeza con que le había sido entregado. De acuerdo con la petición del desconocido, lo colocó en las manos de Schalken, y repitiendo las instrucciones, lo despachó para que cumpliera la misión. Schalken guardó la preciosa carga en un lugar seguro debajo de los pliegues de su capa, y cruzando rápidamente dos o tres angostas callejuelas, se detuvo en una esquina frente a una casa cuya planta baja se encontraba ocupada por la tienda de un orfebre judío. Schalken entró, y llamando al pequeño hebreo que se hallaba en la oscuridad de la trastienda, procedió a entregarle el paquete de Vanderhausen.

Después de examinarlo a la luz de la lámpara, resultó estar completamente forrado de plomo, cuya superficie externa lucía bastante arañada, sucia y blanquecina por los años. Retiraron parcialmente esta funda y con cierta dificultad quedó al descubierto una caja de cierta madera oscura particularmente dura. Esta también fue forzada y, después de retirar dos o tres lienzos que cubrían el contenido, notaron que este consistía en un grupo de lingotes de oro estrechamente agrupados y, según expresó el judío, de la más perfecta calidad. Cada lingote soportó el detallado examen del hebreo, quien parecía experimentar un placer epicúreo al tocar y probar los pedazos del glorioso metal, y cada uno de ellos fue colocado en su lugar con la misma exclamación:

—¡*Mein Gott*, qué perfección! ¡Ni un gramo de aleación! ¡Hermoso, hermoso!

Al fin terminó su tarea y el judío certificó de su puño y letra el valor de los lingotes sometidos a su examen, el cual se remontaba a varios miles de pesos. Con el anhelado documento en el pecho y la rica caja de oro escrupulosamente sujeta bajo el brazo y cubierta por la capa, Schalken rehízo su camino y, al entrar en el estudio, encontró a su maestro y al visitante en íntima conversación. Tan pronto como el joven se había retirado de la estancia, con el objeto de cumplir con la comisión que le fuera solicitada, Vanderhausen le había hablado a Gerard Dou en los siguientes términos:

—Esta noche no debo demorarme con usted más que unos pocos minutos. Por esa razón le diré brevemente la razón de mi visita. Usted visitó la ciudad de Rotterdam hace pocos meses y entonces observé, en la iglesia de San Lorenzo, a su sobrina, Rose Velderkaust. Quiero casarme con ella y, si le convengo por mis riquezas, mucho mayores que las de cualquier otro esposo con que usted pueda soñar para ella, espero que actúe, imponiendo su máxima autoridad, evitando cualquier inconveniente que pudiera surgir. Quiero decir, si aprueba mi propuesta puede cerrar el trato de inmediato, pues no deseo perder tiempo en cálculos ni demoras.

Gerard Dou quedó tan sorprendido como cualquier otro en su lugar frente a la inesperada propuesta de Wilken Vanderhausen, pero no dejó que se le escapara ninguna expresión descortés de sorpresa, ya que, además de los motivos que exigían prudencia y educación, el maestro sentía, frente al extravagante forastero, una especie de sensación gélida y opresiva, parecida a la que se supone debe sufrir un hombre puesto, sin saberlo, en contacto cercano con algo hacia lo que experimente gran aversión —un terror indefinido, una vaga ansiedad—, que lo volvía incapaz para decir o hacer nada que pudiera lucir ofensivo o ser considerado como tal.

—No dudo —respondió Gerard, después de dos o tres tosecillas nerviosas— que la unión con usted sería tan favorable como honrosa para mi sobrina, pero debe saber que ella tiene voluntad propia y podría no estar de acuerdo con lo que nosotros decidamos por ella.

—No trate de burlarme, señor pintor —dijo Vanderhausen—, usted es su tutor, ella es su ahijada, y ella será mía si usted gusta que así sea.

El hombre de Rotterdam avanzó un paso mientras hablaba, y Gerard Dou, sin saber por qué, deseó interiormente que Schalken no tardara en regresar.

—Deseo —expresó el misterioso caballero— poner inmediatamente en sus manos una prueba cierta de mi riqueza y de mi esplendidez para con su sobrina. El muchacho regresará dentro de un minuto o dos con una cifra cuyo valor es cinco veces mayor a la fortuna completa que ella tiene derecho a esperar de su esposo. Esta quedará en sus manos, junto a su dote, y usted podrá usar la suma de ambas cifras como mejor le convenga a sus deseos. Todo será absoluta propiedad de ella mientras viva, ¿no es ello generosidad?

Dou hizo un gesto de afirmación, y pensó dentro de sí que el destino era excepcionalmente amable para con su sobrina. El forastero —pensó— debía ser tan acaudalado como generoso, y una oferta como aquella no era nada despreciable, ni aunque la hiciera un excéntrico o un ser de aspecto poco atractivo. Rose no podía tener tan altas aspiraciones, ya que su dote era muy insignificante y seguiría siendo de ese modo, salvo que esta deficiencia fuera compensada por la generosidad de su tío; tampoco tenía derecho alguno a tener recelos contra su pareja por razones de estirpe o linaje, ya que su origen tampoco era, de ninguna forma, elevado; y en relación a otros posibles razonamientos, Gerard decidió, de acuerdo a la costumbre de aquellos tiempos, no prestarles ninguna atención.

—Señor —dijo, hablando con el forastero—, la oferta que me hace es, en efecto, de lo más liberal, y si no termino de decidirme a cerrar el trato de inmediato, esta duda se origina tan solo a que no tengo el placer de conocer a nadie de su familia o condición. Sobre este asunto usted podrá, por supuesto, complacerme sin dificultad.

—En relación a mi respetabilidad —respondió el desconocido secamente—, puede darla por probada desde este mismo instante. No me incomode con sus preguntas. No logrará saber de mí más que lo que yo deseo que usted sepa. Ya tiene suficientes garantías de mi respetabilidad: si usted es hombre de honor, mi palabra, y si es un avaro, mi oro.

"Este es un viejo caballero irritable —pensó Dou—, él tendrá sus razones, pero, considerando todas las circunstancias, es comprensible que le entregue a mi sobrina. Tendría que ser mi propia hija y haría lo mismo con ella. No obstante, no me voy a comprometer innecesariamente".

—No se va a comprometer innecesariamente —expresó Vanderhausen, repitiendo exactamente las mismas palabras que acababan de cruzar la mente de su interlocutor—, pero supongo que lo hará si es necesario, y yo le voy a demostrar que es imprescindible. Si le interesa el oro que pretendo dejar en sus manos, y no desea que retire de inmediato mi propuesta, usted debe escribir su nombre en este contrato antes de que yo me retire de este lugar.

Y después de decir esto, colocó un papel en las manos de Gerard, cuyo texto expresaba el compromiso adquirido por Gerard Dou de dar en matrimonio a su sobrina, Rose Velderkaust, a Wilken Vanderhausen, de Rotterdam, etcétera, en el plazo de una semana a partir de esa fecha. Mientras el maestro estaba ocupado leyendo el documento, Schalken, como ya mencionamos, entró en el estudio y colocó la caja y la tasación del judío en las manos del forastero. Ya se iba a retirar cuando Vanderhausen le ordenó que aguardara, y mostrando el estuche y la tasación a Gerard Dou, aguardó callado hasta que este último quedó satisfecho con la inspección de ambos, así como del valor del compromiso que tenía en sus manos. Por fin preguntó:

—¿Está conforme?

El pintor respondió que desearía tener un día más para considerar aquella proposición.

—Ni una hora —respondió con frialdad el demandante.

—Entonces, está bien —dijo Dou—, estoy de acuerdo. Es un negocio.

—Entonces firme de inmediato —dijo Vanderhausen—, ya estoy agotado.

Al momento le presentó una pequeña caja con útiles de escritura y Gerard firmó el importante documento.

—Que el joven sea testigo de este acuerdo —dijo el forastero, y Godfrey Schalken, inconscientemente, firmó el contrato que le daba a otro la mano de quien, por tanto tiempo, él había estimado como el objeto y la recompensa a sus esfuerzos. Finalizado así el acuerdo, el extraño visitante dobló el papel y lo ocultó en un bolsillo interior.

—Gerard Dou, lo visitaré mañana por la noche en su casa a las nueve, y podré ver al objeto de nuestro acuerdo. ¡Hasta entonces! —y después de esto, Wilken Vanderhausen salió callado, pero rápidamente, del taller.

Schalken, ansioso por resolver sus dudas, se había parado junto a la ventana, con la intención de espiar la puerta de la calle, pero el experimento solo valió para dar pie a sus sospechas, pues el hombre no salió por la puerta. Aquello era muy inusual, muy extraño, muy temible. Él y su maestro salieron juntos, pero ni siquiera hablaron durante el camino, pues cada uno iba sumergido en sus reflexiones, en sus angustias y en sus esperanzas. Schalken, no obstante, no sospechaba la catástrofe que se cernía sobre sus amables proyectos. Gerard Dou no tenía idea del afecto que había nacido entre su discípulo y su sobrina, aunque, de haberlo sabido, es dudoso que hubiera tomado en cuenta su existencia como un obstáculo a los deseos de Wilken Vanderhausen.

Los matrimonios eran, en aquel entonces y en aquel lugar, motivo de tráfico y especulación. Habría sido absurdo, a los ojos de un tutor, hacer del afecto mutuo un elemento fundamental de un contrato matrimonial, ya que, en tal caso, se decía que habrían tenido que escribir el contrato en términos propios de una novela de caballería. El pintor, no obstante, no le informó a su sobrina el determinante paso que había dado con relación a ella, y esto se debió no a que sospechara alguna queja de su parte, sino únicamente a la ridícula razón de que si ella, como podía esperarse, le pedía que describiera la apariencia del novio que le destinaba, estaría obligado a confesar que no le había visto el rostro, e incluso, si hubiese llegado a ello, que le sería imposible reconocerlo. Al día siguiente, después de cenar, llamó a su sobrina a su lado y, habiendo hecho un examen en toda su persona con aire de complacencia, la tomó de la mano y, observando su hermoso e inocente rostro, con una sonrisa afectuosa le dijo:

—Rose, niña mía, el rostro que posees hará tu fortuna —la joven se ruborizó y sonrió—. Un rostro y un carácter como el que tienes rara vez van juntos, pero cuando es de ese modo, esa unión funciona como un filtro de amor al que muy pocas personas o muy pocos corazones pueden resistirse. Confía en mí, pequeña, muy pronto estarás comprometida, pero eso no tiene importancia, dejémoslo así. Ahora estoy algo apurado, así que haz que sea preparado el salón grande para las ocho de la noche y ordena que la cena esté lista a las nueve. Estoy esperando a un amigo esta noche, y pon atención, hija mía, cumple de manera radiante con esta obligación. No me agradaría que nos creyera pobres o negligentes.

Con estas palabras salió de la habitación y se dirigió al taller en el que ya hemos tenido la oportunidad de introducir a nuestros lectores, aquel donde trabajaban sus discípulos. Cuando cayó la tarde, Gerard llamó a Schalken, que estaba a punto de retirarse a su oscuro y desagradable alojamiento, y le pidió que esa noche aceptara cenar en su casa con Rose y Vanderhausen. La invitación, claro está, fue aceptada, y pronto se hallaron Gerard Dou y su discípulo en la hermosa y, en cierta manera, vieja habitación, que había sido dispuesta para recibir al forastero. En la gran chimenea chisporroteaba un alegre fuego de leña, a un lado estaba ubicada la mesa de antigua fabricación, con patas ricamente labradas, reservada con seguridad a servir para la cena, cuyos preparativos se seguían efectuando con precisa regularidad. Se habían extendido las sillas de alto respaldo, cuya falta de elegancia estaba más que compensada por su gran comodidad.

Aquella pequeña reunión, formada por Rose, su tío y el joven artista, esperaba la llegada del visitante con marcada impaciencia. Sonaron, finalmente, las nueve y al mismo tiempo, se escucharon golpes en la puerta de la calle, que, aunque se atendieron con rapidez, fueron seguidos de lentos y decisivos pasos en la escalera.

Aquellos pasos avanzaron pesadamente por el corredor, y lentamente se abrió la puerta de la estancia en la que el grupo estaba reunido. Entonces, entró una figura que hizo temblar al flemático holandés, y casi hizo gritar de espanto a Rose. Eran la figura y los atavíos de Wilken Vanderhausen; su porte, su conducta, su estatura eran los mismos, pero ninguno de aquel grupo había observado con anterioridad sus rasgos faciales.

El forastero se paró en la puerta de la estancia y mostró por completo su figura y su rostro. Llevaba una capa de tela oscura, corta y ancha, que no llegaba a las rodillas; sus piernas estaban enfundadas en medias de seda de color púrpura oscuro, y sus zapatos estaban ornados con rosas del mismo color. La abertura al frente de la capa dejaba ver las ropas que llevaba debajo, fabricadas en algún material muy oscuro, tal vez de piel, y sus manos estaban enfundadas en un par de gruesos guantes de cuero que le llegaban hasta mucho más arriba de la muñeca, a manera de manopla. En una mano llevaba su bastón y el sombrero que se había quitado, y la otra colgaba pesadamente a su lado. Una melena de cabellos grises caía en largas mechas y sus extremos se apoyaban sobre los pliegues de una gola almidonada que le cubría el cuello por completo. Hasta aquí todo era normal, ¡pero la cara...!

Toda la piel de su rostro tenía el color azulado plomizo que es causado por la acción de medicinas metálicas ingeridas en excesiva cantidad, sus ojos eran grandísimos, y lo blanco se apreciaba tanto por arriba como por debajo del iris, lo que les brindaba un rasgo de locura aumentada por su firmeza vítrea. La nariz no era trascendente, pero su boca estaba ampliamente retorcida por uno de sus lados, donde se abría con el fin de dejar salir dos largos y manchados colmillos de bestia, que se proyectaban desde la mandíbula superior hasta muy por debajo del labio inferior. El tono de sus labios tenía relación con el color de la cara y, por lo tanto, era casi negro; la expresión de aquella cara era maligna, hasta satánica, y en realidad, apenas se podía imaginar tal cantidad de horrores sino en el cadáver de algún terrible bandido que hubiese colgado por largo tiempo, oscureciéndose en la horca, hasta haberse transformado en el refugio de un demonio o en el espantoso objeto de una posesión satánica.

Era evidente que el importante forastero trataba que su piel se viera lo menos posible, por lo que, durante la visita, no se quitó los guantes ni una sola vez. Permaneciendo durante unos instantes frente a la puerta, Gerard Dou logró finalmente hallar ánimos y aliento para darle la bienvenida y, con una silenciosa inclinación de cabeza, el forastero entró en la habitación. Había algo indescriptiblemente raro e incluso espantoso en sus movimientos, algo que no era definible, pero era antinatural e inhumano —como si sus extremidades fueran guiadas y dirigidas por un espíritu poco acostumbrado a manejar la maquinaria del cuerpo—. El desconocido apenas pronunció palabra durante su visita, que no sobrepasó la media hora, y el anfitrión apenas pudo conseguir el valor necesario para expresar los escasos saludos y cortesías demandados por la situación; evidentemente, era tal el pánico nervioso que causaba la presencia de Vanderhausen, que se habría necesitado muy poco para que todos los presentes huyeran, gritando, de aquella estancia. Sin embargo, no habían perdido el domino sobre ellos mismos, hasta el punto de no fijarse en dos extrañas características del visitante.

Durante el tiempo que permaneció allí, no dejó que sus párpados se cerraran ni un fugaz instante, tampoco que se movieran el más mínimo grado. Más aún, toda su persona tenía una cadavérica inmovilidad que se manifestaba, además, en la completa ausencia del palpitante movimiento del pecho originado por el proceso de la respiración. Estas dos particularidades, aunque puedan lucir banales al ser relatadas, causaban un efecto muy pasmoso y desagradable cuando eran percibidas y observadas. Finalmente, Vanderhausen libró al pintor de su negativa presencia, y con extrema gratitud el pequeño grupo escuchó el ruido de la puerta cuando se cerró tras él.

—Querido tío —dijo Rose—, ¡qué hombre tan espantoso! No quisiera verlo de nuevo, ni por todas las riquezas del mundo.

—¡Chiquilla, no seas tonta! —dijo Dou, que, en el fondo no estaba muy tranquilo—. Un hombre puede ser horrible como un demonio y, no obstante, si su corazón y sus acciones son buenas, es más valioso que todos esos bonitos y olorosos muñecos que pasean por el centro. Rose, niña mía, es verdad que no tiene una cara hermosa, pero es muy rico y generoso, y aunque fuera diez veces más feo…

—Lo cual sería inconcebible —comentó Rose.

—…estas dos virtudes serían suficientes —siguió su tío— para enmendar toda su deformidad. Y aunque no sean capaces de modificar la forma de sus rasgos, sí pueden, al menos, disuadir de que se los considere siniestros.

—¿Sabes, tío? —dijo Rose—. Cuando lo vi de pie ante la puerta, me hizo recordar la vieja figura de madera pintada que tanto solía asustarme en la iglesia de San Lorenzo, de Rotterdam.

Gerard se rio, aunque no pudo dejar de admitir, dentro de sí, lo justo de aquella comparación. Sin embargo, estaba decidido a reprimir, en la medida de lo posible, cualquier inclinación de su sobrina a rechazar la fealdad de su pretendido novio; y le agradó mucho darse cuenta que ella parecía estar completamente exenta de aquel misterioso terror que —no podía esconderlo ante sí mismo— lo afectaba a él tan manifiestamente como a su discípulo Godfrey Schalken.

La mañana siguiente, muy temprano, llegaron para Rose, venidos de distintas zonas de la ciudad, ricos presentes de sedas, terciopelos y joyas; y también un paquete enviado a Gerard Dou, en el que, al abrirlo, encontró un contrato de matrimonio, formalmente desarrollado y redactado, entre Wilken Vanderhausen, del Muelle de Botalón, en Rotterdam, y Rose Valderkaust, de Leyden, sobrina de Gerard Dou, maestro en el arte de la pintura, también de la misma ciudad. También contenía otro documento en el que Vanderhausen se comprometía a entregar a su prometida una dote mucho más grande de lo que había hecho creer a su tutor, la cual sería usada especialmente en beneficio de la novia, a saber, haciendo llegar el dinero a manos del propio Gerard Dou.

No narraré ahora escenas sentimentales, ni ferocidad de guardianes, ni generosidad de tutores, ni martirios de amantes. La narración que tengo que hacer solo refiere sordidez, avaricia e interés.

En menos de una semana, después de la primera entrevista que hemos referido, el contrato de matrimonio se hizo efectivo, y Schalken observó cómo su amada —por la que habría dado todo en la vida— le era triunfalmente arrebatada por su atractivo adversario. Durante dos o tres días no asistió al taller, luego regresó y trabajó, si bien con poca alegría, con mucha más obstinada resolución que antes. Los sueños de amor habían dado paso a los sueños de ambición. Transcurrieron meses y al contrario de sus deseos, y también a las promesas puntuales de los recién casados, Gerard Dou no volvió a tener noticias de su sobrina ni de su honorable esposo.

Los intereses de la dote, que deberían haber sido solicitados cada tres meses, se fueron acumulando en sus manos. Comenzó a sentirse bastante inquieto. Tenía consigo la dirección de Wilken Vanderhausen en Rotterdam y, tras algunas dudas, decidió finalmente viajar hasta allá —empresa ligera, realizable con facilidad—, para así sentirse tranquilo con relación a la seguridad y al bienestar de su sobrina, por quien sentía un serio y honesto afecto. No obstante, sus búsquedas fueron en vano. En Rotterdam nadie conocía a Wilken Vanderhausen y Gerard Dou no dejó de ir a ver ni una casa del muelle del Botalón, pero todo fue inútil. Nadie le pudo dar la menor información que se relacionara en lo más mínimo con el objeto de su búsqueda, y así fue como se vio forzado a regresar a Leyden, sin haber encontrado nada.

Cuando llegó, corrió al local donde Vanderhausen había alquilado el traqueteante transporte —ciertamente de lo más lujoso, si se tiene en cuenta la época— que los recién casados habían usado para viajar hasta Rotterdam. Por el conductor del carruaje se enteró que, al haber viajado con lentitud y haciendo muchas paradas, habían llegado cerca de Rotterdam bien entrada la noche, pero que antes de llegar a la ciudad, y faltando casi una milla para llegar a ella, en el centro de la carretera había aparecido, impidiendo el paso del carruaje, un pequeño grupo de hombres muy sobriamente vestidos y, conforme con la antigua usanza, con afinadas barbas y bigotes. El conductor detuvo sus caballos debido a la oscuridad de la hora y a la soledad del camino, temeroso de que trataran de causarles algún daño.

Sin embargo, sus temores se aplacaron cuando vio que esos hombres llevaban una gran litera de vieja factura, y que de inmediato fue depositada en el suelo, donde también bajó el novio, después de haber abierto desde adentro la portezuela del coche, y después de ayudar a su mujer a hacer otro tanto. La llevó a la litera, mientras ella lloraba amargamente y se retorcía las manos, y ambos entraron. Entonces, esta fue levantada por los hombres que la rodeaban y rápidamente fue llevada en dirección a la ciudad; pero antes de que hubieran avanzado una gran distancia, la oscuridad de la noche ocultó la litera a los ojos del cochero holandés. Dentro del vehículo halló una bolsa cuyo contenido pagaba más de tres veces cumplidas el alquiler del coche y el cochero.

No había vuelto a ver a Wilken Vanderhausen ni a su bella esposa y, por esa razón, no pudo decir nada más. Este misterio se transformó en motivo de profunda ansiedad y casi de duelo para Gerard Dou. Era evidente que había habido un engaño en la conducta de Vanderhausen para con él, aunque desconocía con qué intención. Se preguntaba con angustia hasta qué punto era probable que un hombre cuyo aspecto exterior mostraba los más demoníacos sentimientos no fuera en verdad más que un villano; y cada día que transcurría sin noticias de su sobrina, en vez de llevarlo a olvidar sus temores, por el contrario, lo desesperaba cada vez más. La pérdida de su delicada compañía también le deprimía el espíritu, y con la intención de disipar tanto desaliento, que con frecuencia se colaba en su mente una vez terminadas las labores del día, solía invitar a Schalken a su casa a cenar con él, para aliviar así, con su presencia, la tristeza de una cena que de otra manera sería en solitario.

Una noche, tanto el pintor como su discípulo se hallaban sentados junto al fuego, después de haber terminado una copiosa cena, y permanecían en un silencio pensativo al que a veces conduce el proceso de la digestión, cuando sus pensamientos fueron interrumpidos por un gran escándalo de golpes dados en la puerta de la calle, como provocados por alguna persona que se lanzara violenta y repentinamente contra ella. Un criado fue corriendo sin demora para tratar de saber la causa del incidente, y lo oyeron interrogar un par de veces a la persona que tan urgentemente solicitaba su admisión, sin lograr, no obstante, la menor respuesta, ni que dejara de golpear. Lo escucharon abrir la puerta del vestíbulo, seguido a continuación de veloces pasos por la escalera.

Schalken echó mano a su espada y caminó hacia la puerta. Esta se abrió antes de que él la alcanzara y Rose entró en la estancia. Su aspecto era enloquecido y se encontraba pálida de agotamiento y espanto, pero su traje los sorprendió tanto o más que su repentina llegada. Este era una especie de cubierta o túnica de lana blanca, cerrada alrededor del cuello y que caía, en pliegues, hasta el mismísimo suelo. El raro vestido estaba muy deslucido y sucio, sin duda, por el largo viaje. La pobre criatura apenas entró en la estancia cuando cayó sin sentido al suelo. Con algo de dificultad lograron reanimarla y, al recobrar la consciencia, exclamó de inmediato, en un tono de ávida y aterrada angustia:

—Vino, vino… rápido, o estoy perdida.

Muy sobresaltados por la extraña angustia con que había sido realizada aquella petición, de inmediato accedieron a sus deseos y la joven bebió un poco de vino con una apetencia que los asombró. Apenas había terminado cuando volvió a pedir con la misma urgencia:

—Comida, comida, enseguida o moriré.

En la mesa había un respetable trozo de asado y Schalken se lanzó inmediatamente a cortar un pedazo, pero Rose se le anticipó, pues tan pronto como lo vio, también se lanzó sobre él con la voracidad de un buitre y, sosteniéndolo con sus manos, arrancó la carne con sus dientes y la devoró. Cuando hubo calmado un poco el paroxismo del hambre, de repente pareció darse cuenta de lo extraña que había sido aquella conducta, o también pudo ser que otras reflexiones más inquietantes volvieran a su mente, pues comenzó a llorar desconsoladamente y a retorcerse las manos.

—Oh, envíen a buscar un ministro de Dios —dijo—, no estaré a salvo mientras no venga, vayan rápido por él.

Gerard Dou despachó de inmediato a un mensajero, y convenció a su sobrina de que aceptara su propia habitación para descansar; también logró convencerla de que se retirara enseguida a ella. Su sobrina aceptó con la condición de que no la dejaran sola ni un instante.

—¡Oh, si el sacerdote ya estuviera aquí...! —dijo—. Él podrá liberarme... Los muertos no pueden ser iguales a los vivos... Dios lo ha prohibido.

Con estas extrañas palabras se abandonó a los cuidados de sus acompañantes, y todos se dirigieron hacia la habitación que Gerard Dou le había asignado.

—No, no me dejen sola ni un instante —dijo—. Estaré perdida para siempre si me dejan.

La habitación de Gerard Dou estaba precedida por una amplia antecámara, que debían cruzar y en la cual se encontraban a punto de entrar ahora. Gerard Dou y Schalken llevaban cada uno una vela de cera, de tal forma que ambos arrojaban un amplio nivel de luz sobre los objetos que los rodeaban. Estaban entrando en la gran estancia que, como he mencionado, comunicaba con la alcoba de Dou, cuando Rose de golpe se detuvo y, con un susurro trémulo de pánico, dijo:

—¡Oh, Dios! Está aquí, él está aquí. Miren, miren, allí va.

Señalaba hacia la puerta de la estancia interior, y Schalken creyó observar una forma sombría y poco definida deslizándose dentro de dicha habitación. Desenvainó su espada y, levantando la vela para iluminar más claramente los objetos de la habitación, entró en el lugar donde la sombra se había deslizado. No había nada allí, tan solo el mobiliario propio de la habitación, pero no podía haberse equivocado con relación a que algo había penetrado antes que él en la estancia. Sobre él descendió un terror enfermizo y de su frente comenzó a brotar un sudor frío en gruesas gotas. Tampoco lo alivió la aumentada urgencia, la agonía del ruego con que Rose les pidió que no la dejaran sola ni un instante.

—Lo he visto —dijo—. Está aquí. No me puedo equivocar... Lo conozco... él está junto a mí... está conmigo... está en esta habitación, por el amor de Dios, si quieren salvarme no se alejen de mi lado.

Por fin lograron que se acostara en el lecho, donde ella siguió rogándoles que no la dejaran sola. Frecuentemente pronunciaba frases incoherentes, diciendo una y otra vez: "Un muerto no puede ser igual a un vivo. Dios lo ha prohibido", y luego otra vez: "Que descanse quien vigila... que duerma quien camina en sueños". Siguió pronunciando estas frases misteriosas e incoherentes hasta la llegada del sacerdote. Gerard Dou empezó a temer, como era natural, que la pobre muchacha, por terror o por malos tratos, estuviera perturbada, y casi sospechaba, por lo repentino de su aparición, lo inoportuno de la hora, y sobre todo por lo inusual y aterrorizado de sus modales, que sin duda debía haberse escapado de algún asilo de perturbados, por cuya razón sentía miedo de ser perseguida. Decidió que buscaría consejo médico tan pronto como su sobrina hubiese sido calmada por los oficios del sacerdote, cuya asistencia anhelaba con tanta avidez, y hasta que este objetivo no fuera logrado no se atrevería a hacerle ninguna pregunta que pudiera servir para reavivar dolorosos o terribles recuerdos o aumentar su agitación. Pronto llegó el sacerdote —hombre de porte austero y edad respetable— a quien Gerard Dou respetaba mucho como veterano discutidor, ya que posiblemente era más temido como orador que amado como cristiano. Era un hombre de moral pura, hábil cerebro y frío corazón.

Entró en la cámara que cruzaba hacia aquella en que reposaba Rose, y nada más entrar la joven le rogó que rezara por ella, y por alguien que era víctima de Satán y que únicamente del cielo podía esperar salvación.

Para que nuestros lectores logren entender ahora, claramente, todas las circunstancias del hecho que vamos a intentar relatar a continuación, es importante hacer constar las relativas posiciones que ocupaban las personas implicadas en él. El viejo sacerdote y Schalken se hallaban en la antecámara que ya hemos mencionado; Rose yacía en la habitación, cuya puerta estaba abierta; y al lado de la cama, de acuerdo a sus fervientes deseos, se encontraba su tutor. En la habitación ardía una vela y otras tres iluminaban el otro espacio. El viejo sacerdote aclaró su voz como si fuera a empezar a hablar, pero antes de tener tiempo de hacerlo, una repentina ráfaga de aire apagó la vela que servía para iluminar la habitación en la que yacía la angustiada muchacha, y esta, alarmada, se apresuró a decir:

—Godfrey, trae otra vela; la oscuridad es peligrosa.

Gerard Dou, olvidando por un instante las repetidas peticiones de la joven y siguiendo un impulso momentáneo, salió de la habitación hacia la otra con el fin de hacer lo que ella estaba pidiendo.

—¡Dios mío! ¡Querido tío, no te vayas! —gritó la infeliz joven, saltando al mismo tiempo del lecho, y fue detrás de él con la intención de detenerlo.

Pero fue demasiado tarde, ya que apenas él cruzó el umbral, y su sobrina escasamente había tenido tiempo de proferir su asustada petición, la puerta que separaba las dos estancias se cerró con violencia entre ambos como empujada por una ráfaga de viento. Schalken y Dou corrieron hacia la puerta, pero sus esfuerzos unidos y desesperados solo lograron hacerla estremecer. Un grito después de otro fue brotando de la habitación, cerrada con toda la taladrante fuerza del terror desesperado. Schalken y Dou aplicaron toda su voluntad —forzando dolorosamente todos sus músculos— tratando de forzar la puerta y abrirla, pero todo fue inútil. En la alcoba no se escuchaba ningún sonido de lucha, pero los chillidos parecían crecer en intensidad. Al mismo tiempo se oyó el sonido que hacía la ventana emplomada cuando se corrían los cerrojos, y el rechinar de la propia ventana cuando era abierta.

Un último grito, tan extenso, taladrante y agónico que apenas parecía humano, creció y creció en la habitación, y repentinamente fue seguido por un silencio de muerte. Unos leves pasos se escucharon cruzando el piso como si caminaran del lecho a la ventana, y casi en el mismo instante, la puerta se abrió y, cediendo repentinamente a la violenta presión de los que afuera estaban empujando, precipitó a estos dentro de la estancia. Estaba vacía. La ventana se encontraba abierta y Schalken se subió sobre una silla para ver hacia la calle y hacia el canal que circulaba debajo de aquella. No vio ninguna figura, pero creyó observar cómo las aguas del vasto canal debajo de la ventana se agitaban, formando anillos y más anillos que crecían en grandes círculos, como si un momento antes hubieran sido creados por la caída de una masa grande y pesada.

Nunca se halló la menor señal de Rose y tampoco se supo nada, ni nunca se sospechó de su misterioso esposo, tampoco se encontró alguna pista que permitiera desentrañar el confuso laberinto y llegar a una conclusión clara. Pero sucedió un incidente que, aunque es posible, a juicio de los más doctos de nuestros lectores, no aclara el asunto en lo más mínimo, que sí causó una fuerte y permanente impresión en la mente de Schalken. Muchos años después de los eventos que hemos detallado, Schalken, que ya vivía muy lejos de allí, fue informado de que su padre había muerto y de la fecha establecida para su entierro en la iglesia de Rotterdam. Era necesario que la comitiva fúnebre recorriera un camino muy largo y, como se comprenderá sin dificultad, que no fuera muy numerosa. Schalken, por su lado, llegó difícilmente a Rotterdam a las últimas horas del día establecido para la ceremonia. Pero el cortejo aún no había llegado.

Cayó la noche y este seguía sin llegar. Schalken entró y deambuló por la iglesia —que halló abierta— donde, de acuerdo a lo que le habían informado, se iba a realizar el entierro y donde ya estaba abierta la cripta en que sería depositado el féretro. El sacerdote, al ver a un caballero bien vestido, cuya evidente intención era asistir al citado entierro y que paseaba ocioso por los pasillos de la iglesia, lo invitó amablemente a compartir con él el placer de un luminoso fuego de leña. Según su costumbre para los momentos invernales, había encendido la chimenea en una estancia que se comunicaba, mediante una escalinata, con la cripta subterránea. En esa estancia se sentaron Schalken y el sacerdote, y este último, después de varios intentos fallidos de entablar conversación con su invitado, se vio forzado a dedicarse a su pipa y a su tabaco para distraer la soledad. A pesar de la tristeza y las preocupaciones, el agotamiento de un veloz viaje de casi cuarenta horas seguidas fue apoderándose poco a poco de la mente y el cuerpo de Godfrey Schalken, y este se sumergió en un profundo sueño del que fue despertado por un leve golpecito en el hombro.

Al principio pensó que lo llamaba el viejo sacerdote, pero este no se encontraba en la habitación. Se levantó, y tan rápido como pudo distinguir con claridad todo cuanto lo rodeaba, reconoció una figura femenina, cubierta con una especie de delgada túnica de muselina, cuya parte superior estaba colocada en forma de velo que ocultaba el rostro, y que llevaba una vela en la mano. La figura se movía, apartándose de él hacia el tramo de escalones que llevaban hacia las bóvedas de la cripta. Schalken experimentó un ligero temor ante la visión de aquella figura, pero a la vez sintió un impulso irresistible de seguir sus indicaciones. La siguió hacia la cripta, pero al llegar al principio de la escalera se paró. La figura también se detuvo y girando dulcemente hacia él dejó ver, a la luz de la vela que llevaba, el rostro y los gestos de su primer amor, Rose Valderkaust. No había nada espantoso y tampoco triste en su apariencia.

Por el contrario, tenía la misma dulce sonrisa que tanto encantara al artista en tiempos pasados, en sus días felices. Un sentimiento de terror e interés, demasiado fuerte para resistirlo, lo estimuló a seguir al espectro, porque era un espectro. Ella bajó los peldaños —él la siguió— y cruzando hacia la izquierda y atravesando un delgado pasadizo, lo llevó, para su profunda sorpresa, dentro de lo que parecía ser una antigua casa holandesa, igual que aquellas que los cuadros de Gerard Dou habían inmortalizado. En la estancia había un profuso y costoso mobiliario antiguo, y en un rincón se hallaba una cama con cuatro columnas, rodeada por pesadas cortinas de tela oscura. La figura se volvía hacia él, continuamente, con la misma apacible sonrisa.

Cuando llegó al lado del lecho levantó las cortinas y la luz de la vela, con la que iluminó su interior, le reveló al horrorizado pintor la forma sentada, sobria, erguida, pálida y satánica de Vanderhausen. Apenas lo vio, Schalken cayó al suelo, desmayado, donde fue encontrado la mañana siguiente por las personas responsables de cerrar los pasajes interiores de la cripta. Yacía en una gran celda, tumbado junto a un gran sarcófago que era sostenido por pequeños pilares de piedra para resguardarlo del ataque de los gusanos.

Schalken estuvo convencido hasta el día de su muerte de la realidad de esta experiencia. Y nos dejó una curiosa prueba de la impresión que le causó, en un cuadro pintado poco después de los sucesos que acabamos de narrar, y que es meritorio no solo por mostrar las peculiaridades que han hecho tan famosa, posteriormente, la obra de Schalken, sino también por contener el retrato, tan preciso y fiel como es posible hacerlo de memoria, de su primer amor, Rose Velderkaust, cuyo misterioso final quedará para siempre como tema de conversación.

El cuadro representa una estancia con viejos sillares, tal como se puede hallar en la mayor parte de las antiguas catedrales, y está iluminada levemente por la lámpara que sostiene en la mano una figura femenina, tal como hemos tratado de describirla más arriba; y al fondo y a la izquierda de quien observe la pintura, se alza la forma de un hombre aparentemente recién salido de un sueño y en actitud de temor, con la mano sosteniendo la empuñadura de su espada. Esta última imagen está iluminada solo por el moribundo resplandor de un fuego de leña o de carbón. Toda la pintura es un magnífico ejemplo de la artística y especial maestría en la distribución de luces y sombras que ha hecho imperecedero el nombre de Schalken entre los grandes artistas de su país.

Este relato es meramente popular y el lector podrá concluir fácilmente, del hecho notable de que muchos puntos de la narración quedan sin aclarar, cuando cualquier detalle adicional podría haber agregado algún color y no poco efectismo al relato, que aquello que hemos querido presentar ante él no es una creación de la imaginación, sino una leyenda relativa y perteneciente a la biografía de un artista reconocido.

La transferencia

Algernon Blackwood (1869-1951)

El pequeño comenzó a llorar a primera hora de la tarde, para ser preciso, a eso de las tres. Puedo recordar la hora porque estaba oyendo con íntimo alivio el sonido de la partida del carruaje. Aquellas ruedas extraviándose en la distancia por el camino de gravilla con mistress Frene y su hija Gladys, de quien yo era gobernanta, para mí representaban unas horas de sagrado descanso, y aquel día de junio estaba haciendo un calor opresivo, asfixiante. Además, había que tomar en cuenta aquella excitación que había invadido a todo el personal de la casa allí en el campo y, en especial, a mí misma. Tal excitación, que se extendía con delicadeza detrás de todos los sucesos de la mañana, eran causados por un misterio, y, claro está, dicho misterio no se le informaba a la gobernanta.

Yo estaba cansada a fuerza de figuraciones y vigilancia. Porque me hallaba dominada por un cierto estado de ansiedad profundo e inexplicable, hasta el extremo que no podía dejar de pensar ni un segundo en aquello que acostumbraba a decir mi hermana de que yo era extremadamente sensible para ser una buena gobernanta, y que habría obtenido un mayor rendimiento como clarividente profesional.

Para la hora del té, estábamos esperando la poco acostumbrada visita de míster Frene, el mayor, el tío Frank. Eso sí lo sabía. También sabía que dicha visita tenía alguna relación con la futura suerte del pequeño Jamie, un chiquillo de siete años, hermano de Gladys. En realidad, mis noticias no pasaban de allí y ese eslabón ausente hace que mi narración sea, en cierta manera, incoherente, ya que falta una importante pieza del extraño rompecabezas. Yo solo deducía que la visita del tío Frank tenía un carácter indulgente, que a Jamie se le había sugerido que se portara lo mejor que pudiera, con el objetivo de causar una buena impresión, y que Jamie, que jamás había visto a su tío, de antemano le temía horriblemente.

Luego, avanzando, apagado por el crujir cada vez más leve de las ruedas del carruaje sobre la gravilla, oí el extraño gemidito del llanto del niño, provocando el totalmente inexplicable efecto de que todos los nervios de mi cuerpo saltaron como movidos por un resorte eléctrico, y me puse de pie con un inequívoco hormigueo de alarma. El agua, literalmente, me caía sobre los ojos. Recordaba la pálida desesperación del pequeño aquella mañana cuando le informaron que el tío Frank llegaría en su coche a tomar el té, y que él tenía que ser "amable de verdad" con el tío Frank. Aquella congoja se me había clavado en el corazón igual que un cuchillo.

Sí, en verdad, todo el día había mostrado ese carácter de pesadilla, de apariciones terroríficas.

—¿El señor de la cara gigante? —había preguntado el chiquillo con una vocecita de pánico.

Y luego salió callado de la habitación, disolviéndose en un llanto que ninguna palabra lograba calmar. Eso era todo lo que yo había observado, y lo que pudiera querer decir el niño con aquello de "la cara gigante" solo me causaba un vago presentimiento. Aunque de cierta manera vino como un alivio, como una repentina revelación del misterio y la excitación que palpitaban bajo la quietud de aquel caluroso día de verano.

Yo temía por el niño, ya que entre toda aquella gente vulgar que habitaba la casa, Jamie era mi preferido, aunque profesionalmente no tuviera ninguna relación con él. Era un niño bastante nervioso, ultrasensible, y a mí se me ocurría que nadie lo entendía, y menos que nadie sus tiernos y amorosos padres; de manera que su vocecilla suplicante me sacó de la cama y me hizo llegar a la ventana en un instante, igual que una llamada de socorro.

La calina de junio se extendía sobre el gran jardín igual que una manta; las hermosas flores, que eran el deleite de míster Frene, colgaban sin moverse; el césped, tan suave y denso, amortiguaba cualquier otro sonido; únicamente las limas y las bolas de nieve zumbaban rodeadas de abejas. Cruzando aquella atmósfera silenciosa de calor y calina, el sonido del llanto del niño llegaba flotando ligeramente hasta mis oídos, igual que desde una gran distancia.

Lo cierto es que ahora me sorprende que lo oyese siquiera, porque un instante después vi a Jamie abajo, más allá del jardín, con su traje blanco de marinero, solo, totalmente solo, a unos doscientos metros de distancia. Se encontraba junto al feo espacio en el que nunca crecía nada: el rincón prohibido. Entonces, de repente me invadió una debilidad, un desfallecimiento de muerte, cuando lo observé allí, justamente allí, donde no se le dejaba ir nunca, y donde, por otra parte, el más profundo pánico no lo dejaba ir. El verlo allí de pie, solo, en ese singular espacio, y sobre todo, el escucharlo llorar en aquel rincón, momentáneamente me quitaron el poder de actuar.

Luego, antes de poder recuperar suficientemente mi ánimo para llamarlo, míster Frene llegó por la esquina. Venía de Lower Farm con los perros y, al observar a su hijo, hizo lo que yo había pensado hacer. Con su poderosa, sencilla y cordial voz lo llamó, y Jamie se volvió y arrancó a correr como si cierto hechizo se hubiera roto en el último instante, en el momento preciso. El pequeño corrió hacia los brazos abiertos de aquel bondadoso padre que no lo comprendía, y que lo trajo de vuelta a la casa subido sobre sus hombros, mientras le preguntaba a qué se debía todo aquel alboroto.

Pisándoles los talones continuaban los rabudos perros de pastor, ladrando escandalosamente e interpretando lo que Jamie solía llamar el baile de la gravilla, ya que con las patas levantaban la húmeda y redonda gravilla del suelo.

Yo me retiré rápidamente de la ventana para que no me vieran. Si hubiera observado cómo rescataban al niño de un incendio, o de morir ahogado, no habría podido sentir un alivio mayor. Solo que tenía la certeza de que míster Frene no sabría decir ni hacer lo que era conveniente en modo alguno. Protegería al pequeño de sus vacías imaginaciones, pero no con una explicación que pudiera aliviarlo de verdad. Padre e hijo se esfumaron detrás de los rosales, en dirección a la casa. Y no pude ver nada más hasta más tarde, cuando llegó el otro míster Frene, es decir, el hermano mayor.

Describir como algo único aquel feo pedazo de tierra tal vez no se pueda justificar con facilidad, no obstante, esta es la palabra que toda la familia buscaba, aunque jamás –¡oh, no!–, jamás fue utilizada. Para Jamie y para mí, aunque tampoco lo dijéramos nunca, aquel espacio sin árboles ni flores era mucho más que único.

Estaba ubicado en el extremo más lejano de la preciosa rosaleda, y era un lugar desnudo, herido, donde la tierra negra revelaba su feo rostro en invierno, igual que un trozo de lodazal peligroso, y en verano se recocía y quebraba con fisuras donde los lagartos de color verde arrojaban su fuego al pasar. En oposición con la brillante lozanía de todo aquel maravilloso jardín, era algo así como una señal de la muerte en medio de la vida, un foco de enfermedad que pedía que lo sanaran si no deseaban que se extendiera. Pero nunca lo hizo. En la parte de atrás se levantaba la tupida espesura de hayas plateadas y, más allá, resplandecía el prado del huerto donde retozaban los corderos.

Los jardineros explicaban de un modo muy sencillo aquella desnudez. Decían que por motivo de las inclinaciones que tenía el terreno a su alrededor, el agua que caía en ese lugar corría y se retiraba de inmediato, sin que permaneciera la cantidad suficiente para darle vida a la tierra. Yo no sé nada al respecto.

Jamie era quien sentía su hechizo y lo rondaba, quien pasaba horas enteras en ese lugar a pesar de morirse de miedo, y para quien, finalmente, aquel terreno fue calificado como estrictamente prohibido, ya que estimulaba su ya bastante desarrollada imaginación, pero no de modo favorable sino de modo en exceso tenebroso. Era Jamie quien sepultaba ogros allí y escuchaba gritar aquel terreno con voz humana, y juraba que a veces, mientras lo estaba observando, la superficie temblaba, y en secreto le daba de comer bajo la forma de pájaros, o ratones, o conejos que encontraba muertos en sus excursiones. Y era Jamie quien había expresado, con extraordinaria precisión, la sensación que me causó ese espantoso lugar desde el primer momento que lo vi.

—Es malo, miss Gould —me dijo él.

—Pero, Jamie, en la naturaleza no hay nada malo, solo diferente de lo demás.

—Entonces, está vacío si usted prefiere, miss Gould. No está alimentado. Está falleciendo porque no puede obtener el alimento que necesita.

Y cuando yo posaba mis ojos en aquella carita pálida, donde los ojos resplandecían tan negros y adorables, buscando dentro de mí la respuesta apropiada, él añadió con un énfasis y un convencimiento que de repente me inundaron de un frío glacial:

—Miss Gould —él siempre me nombraba de esta forma en todas sus frases—, eso tiene hambre. ¿No lo ve? Y yo sé qué es lo que le gustaría.

Solo la seguridad de un niño que habla tan en serio habría justificado, tal vez, que se prestara oídos, siquiera por un instante, a una idea tan disparatada; pero para mí, que pensaba que aquello en lo que creyera un niño imaginativo era de verdadera importancia, llegó como un tremendo y punzante impacto de realidad. Jamie, a su modo algo exagerado, había tomado el filo de un hecho pasmoso, una sugerencia de oscura y oculta verdad había penetrado dentro de aquella sensitiva imaginación.

No sabría explicar por qué aquellas palabras estaban cargadas de horror, pero creo que una señal del poder de las tinieblas asomaba a través de la sugerencia de la frase final: "yo sé qué es lo que le gustaría".

Recuerdo que me abstuve, atemorizada, de pedir una explicación. Pequeños conjuntos de otras palabras, veladas por fortuna por el silencio del pequeño, dieron vida a una posibilidad inenarrable que hasta ese instante había permanecido escondida en el fondo de mi propia conciencia. Yo creo que su forma de cobrar vida demuestra que mi mente continuaba albergándola. La sangre huía de mi corazón mientras oía. Recuerdo que las rodillas me temblaban. La idea de Jamie era, y había sido todo ese tiempo, la misma que yo tenía también.

Y ahora, mientras me encontraba tendida en la cama y pensaba en todo aquello, entendí la razón por la cual la llegada del tío del niño implicaba, fuera como fuera, una experiencia que cubría el corazón de Jamie en un sudario de pánico. Con una sensación de seguridad de pesadilla, que me dejaba muy débil para hacer cara a la absurda idea, bastante trastornada en verdad para discutirla o censurarla a fuerza de razonamientos, esta seguridad se abría paso con el oscuro y poderoso estallido de la convicción, y la única forma que tengo de ponerla en palabras, en vista de que el horror de las pesadillas no se puede expresar en realidad, parece ser esta: que, ciertamente en aquel agonizante trozo de jardín faltaba algo, faltaba algo que aquel terreno deseaba perennemente; algo que una vez encontrado y asimilado, lo haría tan fértil y vivo como el resto; aún más, que había una persona en el mundo que podía brindarle ese servicio.

Míster Frene, el mayor; es decir el tío Frank, era la persona que, inconscientemente, con su exuberancia de vida podía suplir aquella falta.

Porque la relación entre el moribundo e infecundo trozo de terreno y la persona de aquel ser pujante, saludable, rico, triunfador, ya se había alojado en mi subconsciente incluso antes de que yo me percatara de ella. No cabía duda de que debía haber morado allí desde el principio, aunque oculta. Las palabras de Jamie, su inesperada palidez, el emocionado vibrar de atemorizada expectación revelaron la placa, pero habían sido sus lágrimas, solo allí, en el rincón prohibido, lo que fijó la impresión.

La fotografía resplandecía, enmarcada frente a mí, en el aire. Y cubrí mis ojos. De no haber temido el enrojecimiento —el hechizo de mi rostro se esfuma, como por ensalmo, si no tengo los ojos despejados—, habría llorado. Las palabras que Jamie había dicho aquella mañana sobre la cara gigante regresaron a mi mente como un ariete.

Míster Frene, el mayor, había sido muy a menudo el tema de las conversaciones familiares; desde mi llegada, había escuchado hablar de él infinidad de veces y, por añadidura, había leído un sinfín de cosas sobre su persona en los periódicos —su carácter, su filantropía, los triunfos obtenidos en todo aquello que emprendió—, que me había hecho un cuadro completo de aquel hombre. Lo conocía interiormente tal como él era, o cómo habría expresado mi hermana, por clarividencia.

Y la única oportunidad en que lo vi, cuando acompañé a Gladys a una reunión que él presidía, y luego percibí su aire y su aspecto mientras él hablaba con tono protector con la niña, quedó demostrado el retrato que me había hecho. Lo demás, dirán ustedes, tal vez, era el resultado de la desatada imaginación de una mujer, pero yo pienso que se trataba más bien de esa cierta percepción divina que las mujeres comparten con los niños. Si las almas pudieran hacerse visibles, apostaría mi existencia a favor de la realidad y la fidelidad del retrato que me había hecho.

Porque aquel míster Frene era un hombre que cuando permanecía solo quedaba decaído, y adquiría fuerza al encontrarse en medio de la gente porque usaba la fuerza de los demás. Era un artista sobresaliente, aunque inconsciente, en la ciencia de apropiarse del resultado del trabajo y la vida de los demás en provecho propio. Sin saberlo él mismo, no hay duda de ello, se comportaba igual que un vampiro sobre todos aquellos con quienes estaba en contacto. Los dejaba debilitados, cansados, indefensos.

Se alimentaba de lo que poseían los demás, de manera que mientras brillaba y esplendía en un salón lleno a rebosar, cuando estaba a solas sin vida que absorber, se debilitaba y declinaba. Si uno se encontraba cerca de aquel hombre podía experimentar cómo su presencia se llevaba todo lo que hubiera dentro de uno: él se apoderaba de tus pensamientos, de tus fuerzas, de tus mismas palabras, y luego las usaba para beneficio y engrandecimiento propios. Por supuesto, no lo hacía con maldad, él era un hombre bueno de verdad; pero uno sentía que era peligroso debido a lo fácilmente que tomaba para sí toda la vitalidad que encontrara a su alrededor.

Su voz, su mirada, su presencia lo desvitalizaban a uno. Era como si la vida no estuviera organizada adecuadamente para resistirlo y tuviera que evitar la excesiva cercanía de aquel hombre, y hasta ocultarse, por temor a que él se la apropiara, es decir, por temor a morir.

Sin tener idea de ello, Jamie había dado la última pincelada al retrato que yo, inconscientemente, me había hecho. El hombre tenía, y ponía en juego, cierta silenciosa e irresistible capacidad de despojarte de todas tus reservas, para después y muy rápidamente, asimilarlas él. Al principio reconoces una tensa resistencia, esta resistencia se convertía lentamente en agotamiento, la voluntad se volvía blanda, y luego, o te ibas, o aceptabas todo lo que él dijera con una sensación de debilidad que alcanzaba hasta los propios bordes del colapso.

Con un contrincante masculino tal vez fuera diferente, pero incluso en este caso la voluntad de resistencia generaba una fortaleza que absorbía él y no el otro. Él jamás cedía. Un cierto instinto lo advertía de protegerse contra toda rendición. Lo que quiero decir es que nunca cedía frente a los seres humanos. Pero esta vez se trataba de un asunto muy diferente. Como solía decir Jamie, no tenía más oportunidades que una mosca frente a los engranajes de un gigantesco motor de atracción de feria.

Así era como lo observaba yo, como una inmensa esponja humana, colmada y empapada de vida, o de los frutos de la vida tomados de otros, robados. Mi concepto de un vampiro humano quedaba confirmado. Aquel hombre iba por el mundo cargando las acumulaciones de vida de los demás. En este sentido, su "vida" no le pertenecía en realidad. Pero, por alguna razón, me imagino que no la tenía tan absolutamente bajo su dominio como creía.

Y en una hora ese ser llegaría aquí. Me dirigí a la ventana. Mi vista se dirigió hacia el trecho vacío, negro mate, que se ampliaba en medio de la prodigiosa lozanía de las flores del jardín. Se me ocurría que era un indefinido trozo de vacío que bostezaba pidiendo ser colmado y alimentado. La idea de que Jamie jugara alrededor de sus vacías orillas se me ocurría detestable. Yo miraba arriba en el cielo las grandes nubes de verano, la tranquilidad de la tarde, la calina. En el jardín se ampliaba un silencio recalentado, asfixiante. No lograba recordar otro día tan sofocante, tan inanimado. Un día tumbado allí, esperando. El personal de la casa también esperaba. Esperaba a que míster Frene llegara de Londres, con su inmenso vehículo.

Y siempre recordaré la sensación de abatimiento y pena glaciales con que sentí el ronquido del automóvil. Llegó el tío Frank. Habían servido el té en el césped, debajo de las limas, y mistress Frene y Gladys, que habían regresado de la excursión, estaban sentadas en sillones de mimbre. Míster Frene, el menor, esperaba en el salón para dar la bienvenida a su hermano, pero Jamie —como me enteré más tarde— había mostrado un pánico tan histérico y ofrecido una resistencia tan exasperada que se consideró lo más prudente que permaneciera en su habitación. Tal vez, después de todo, no fuera necesaria su presencia.

Se podía adivinar claramente que aquella visita tenía algo que ver con el lado áspero de la vida: dinero, capitulaciones, o qué sé yo. Nunca pude enterarme bien, solo supe que los padres de Jamie estaban muy nerviosos y que había que ganarse la generosidad del tío Frank. No importa. Eso no está relacionado con el asunto. Lo que sí tuvo relación —de lo contrario yo no dejaría por escrito esta narración— es que mistress Frene me hizo llamar, y me pidió que bajara "usando mi hermoso vestido blanco, si no me importaba", y yo me hallaba aterrorizada, aunque halagada a la vez, porque eso significaba que un bonito rostro era considerado una valiosa adición al panorama que le ofrecían al invitado.

Por otro lado, por extraño que parezca, yo presentía que mi presencia era, en cierta forma, inevitable; que fuera por la razón que fuera, estaba destinado que yo observara lo que observé. Y en el instante en que llegué al césped —dudo antes de escribirlo, porque parece una cosa tan insignificante, tan inconexa— habría jurado, mientras mis ojos se cruzaban con los de aquel hombre, que ocurrió una especie de oscuridad imprevista, una oscuridad que ahogó el esplendor veraniego de todos los seres y todas las cosas, y que era causada por unos batallones de caballitos negros que surgían de su persona y que corrían alrededor nuestro, preparados para el ataque.

Luego de una primera visión momentánea de asentimiento, aquel hombre no volvió a fijarse en mí. El té y la entrevista discurrían tranquilamente. Yo ayudaba pasando los platos y las tazas, llenando los silencios con comentarios sin importancia dirigidos a Gladys. Jamie ni siquiera fue mencionado. En el exterior todo lucía bien, pero interiormente todo era espantoso, aquello se encontraba al límite de las cosas indescriptibles, y parecía tan lleno de peligro que cuando yo hablaba, no conseguía dominar el temblor de mi voz.

Observaba la cara dura, sin expresión del visitante; notaba su extraordinaria delgadez y el extraño y aceitoso brillo de su firme mirada. No centelleaban, pero lo iban absorbiendo a uno con un cierto resplandor suave, cremoso, igual que los ojos de los orientales. Su carácter lograba este efecto de manera automática. Nos dominaba a todos, aunque de un modo tan sutil que hasta que había ocurrido el hecho nadie podía advertirlo. Y todo aquello que decía o hacía indicaba lo que yo me atrevería a llamar la succión de su presencia.

Sin embargo, antes de haber transcurrido cinco minutos, yo tenía fija mi atención en una sola cosa. Mi mente solo se enfocaba en ello con tal viveza, que me impresionaba que los demás no comenzaran a gritar, o a correr, o a hacer algo violento para detener aquello. Y aquello era esto: que, separado únicamente por menos de una docena de metros, aquel ser, que vibraba con la vitalidad obtenida de otros, se hallaba fácilmente al alcance de aquel espacio de vacío que bostezaba y permanecía esperando que lo llenaran. La tierra husmeaba su presa.

Los dos centros activos se encontraban en posición de combate; aquel hombre tan delgado, tan duro y vivaz, aunque la verdad es que abarcaba una gran dimensión con el amplio círculo de vida que se había apropiado de los demás, tan práctico y triunfante; el otro tan paciente, tan intenso, con la poderosísima fuerza de atracción de la tierra entera y —¡ay!— tan consciente de que, finalmente, se le estaba presentando la oportunidad.

Pude verlo todo con tanta claridad como si hubiera estado observando a dos grandes animales preparándose para la lucha, ambos inconscientemente, aunque de cierta forma misteriosa, aquello yo podía verlo, claro está, dentro de mí, no afuera. La lucha sería espantosamente desigual. Cada bando ya había enviado sus emisarios, aunque yo no podía mencionar cuánto tiempo hacía de ello, porque la primera prueba que dio el hombre de que algo extraño sucedía en su interior fue cuando, de repente, su voz se hizo confusa, se equivocaba al hablar y los labios le temblaron un instante y perdieron tono. Un segundo más tarde su rostro mostraba aquel cambio singular y horrendo, como si adquiriera una cierta flacidez alrededor de sus pómulos y creciera y creciera, de manera que yo recordé la atemorizada frase de Jamie.

En aquel preciso instante, yo presentí que los emisarios de los dos reinos, el humano y el vegetal, ya se habían encontrado. Por primera vez, en su larga carrera para prosperar a costa de los demás, míster Frene se veía de frente contra un reino más inmenso de lo que suponía, y al darse cuenta de esta realidad, temblaba interiormente dentro de aquella reducida y mínima porción que era su genuina y verdadera persona. Observaba la llegada del gran desastre.

—Sí, John —estaba señalando, con su voz calmada, como quien se felicita a sí mismo—, sir George me obsequió ese vehículo, me lo dio para agradarme. ¿No crees que fue un gesto encan...? —pero aquí guardó silencio bruscamente, tartamudeó, tomó aliento, se levantó y miró, nervioso, a su alrededor.

Por un segundo se hizo una pausa repentina e incómoda. Fue como el sonido que pone en marcha una gran maquinaria, ese segundo de pausa que antecede al verdadero arranque. Después, en realidad, todo ocurrió con la velocidad de una máquina que se desliza cuesta abajo y sin control. Yo pensé en un dinamo gigante que giraba calladamente e invisible.

—¿Qué es eso? —preguntó con voz apagada y llena de alarma—. ¿Qué es ese lugar espantoso? ¡Oh! ¡Además, alguien está llorando allí! ¿Quién?

Y mostraba el terreno desnudo.

De inmediato, antes de que nadie pudiera responderle, se puso a cruzar el césped en esa dirección, avanzando a cada instante con pasos cada vez más veloces. Antes de que nadie pudiera hacer nada, había alcanzado el borde. Se inclinó y posó su mirada en el suelo.

Tuve la sensación de que pasaron varias horas, pero la verdad es que fueron segundos, porque el tiempo se mide por las características y no por la cantidad de las sensaciones que contiene. Pude ver todo con atroz detalle fotográfico, inscrito poderosamente entre la confusión general. Los dos bandos mostraban una descomunal actividad, aunque solo uno, el humano, desplegaba toda su fuerza a manera de resistencia. El otro se limitaba a alargar, por así decirlo, uno solo de los tentáculos de su infinita y monumental fuerza potencial. No se necesitaba más.

Fue una victoria fácil y calmada. ¡Ah! ¡Más bien resultaba lamentable! No hubo presunción ni gran esfuerzo, en uno de los bandos al menos. Casi pegada a un costado del hombre, fui testigo de la escena, pues parece que fui la única persona que se movió y lo siguió. Nadie más se levantó de su puesto, aunque mistress Frene causaba un tremendo ruido con las tazas y hacia no sé qué exaltados gestos con las manos; y Gladys, recuerdo, que lanzó un grito, igual que un pequeño alarido:

—¡Oh, madre, es el calor! ¿Cierto?

Míster Frene, el padre, se encontraba pálido igual que la ceniza, y callado.

Pero en el mismo segundo en que yo llegué al lado del tío Frank, se vio con claridad qué era lo que me había llevado allí tan instintivamente. Del otro lado, entre las hayas plateadas, se encontraba el pequeño Jamie. Estaba mirando. Yo experimenté —por él— uno de estos sentimientos que estremecen el corazón. Un terror líquido recorrió todo mi ser, mucho más efectivo que si fuera algo realmente comprensible. No obstante, comprendía que si hubiera podido entenderlo todo y saber qué era aquello que quedaba detrás, el miedo habría sido más justificado. Yo solo entendía que aquello era espantoso, que se encontraba lleno de terror.

Y entonces ocurrió —fue una visión realmente perversa—, igual que ver todo un universo en acción, contenido, no obstante, en una muy pequeña superficie de terreno. Creo que el hombre descubrió vagamente que si alguien estuviera en su lugar, tal vez podría salvarse, y esa fue la razón de que, instintivamente, reconociera que el sustituto que tenía a su alcance con mayor facilidad fuese el niño, y lo llamó en voz alta desde el otro lado del suelo desnudo:

—¡Jamie, hijo mío, ven acá!

Su voz pareció un disparo agudo, pero al mismo tiempo pesado y sin vida, igual que cuando un rifle falla el tiro. Aquella voz, seca pero débil, era en realidad una súplica. Y, con honda sorpresa, pude escuchar mi propia voz, gritando determinante y fuerte, aunque no tuviera claridad de decir las palabras que estaba articulando:

—¡Jamie, no te muevas! ¡Quédate donde estás!

Pero el pequeño Jamie no obedeció a ninguno de los dos. Se aproximó todavía más al borde y se quedó allí plantado, sonriendo.

Yo podía escuchar aquella risa, pero habría jurado que no surgía de él. Era la tierra, el pedazo de suelo desnudo el que generaba aquel sonido.

Míster Frene se puso de lado, levantando sus brazos. Vi su rostro duro y pálido agrandarse un poco, dispersarse por el aire y caer en el suelo. También advertí que, a la vez, le sucedía algo similar a toda su persona, porque se esfumó en el aire en un manantial de movimiento. Por un momento, su cara me hizo recordar esos juguetes de caucho de los que tiran los niños. Se hizo gigantesca. Aunque eso solo era una impresión externa. Lo que sucedió en realidad —pude comprenderlo con toda claridad— fue que toda la vida y toda la energía que había obtenido de los demás durante tantos años ahora se las quitaban y eran transferidas... a otra parte.

Por un instante, allí en el borde, se balanceó horriblemente; luego, con aquel extraño movimiento de costado, veloz pero torpemente, se desplazó al centro del terreno desnudo y cayó de bruces pesadamente. Sus ojos, mientras caía, se apagaron de forma muy rara, y por toda su cara aparecía reflejada, con claridad prístina, una expresión que en este momento yo solo podría calificar de destrucción. Se le observaba absolutamente destruido. Escuché un sonido —¿de

Jamie?—, pero esta vez no fue una risotada. Era como una deglución, un sonido sordo y apagado, profundamente enterrado en el terreno.

De nuevo imaginé los escuadrones de caballitos negros avanzando al galope por un pasaje subterráneo bajo mis pies, penetrando en las profundidades y cuyas pisadas se iban haciendo más y más débiles, enterrándose a lo lejos. En mi olfato podía sentir un fuerte olor de tierra.

Y luego, todo terminó.

Volví en mí. Míster Frene, el menor, alzaba la cabeza de su hermano del césped donde había caído, justo al lado de la mesa del té. La verdad es que no se había movido de allí. Y según supe más tarde, Jamie había estado todo el tiempo arriba, durmiendo en su cama, agotado por el llanto y el inexplicable sobresalto. Gladys llegó corriendo con agua fría, una esponja, toalla, y también brandy, en fin, gran cantidad de cosas.

—Madre, ha sido el calor, ¿cierto? —Escuché el murmullo de la niña, pero no pude oír la respuesta de la madre.

A juzgar por su expresión, habría dicho que mistress Frene se encontraba al borde de un colapso. Entonces, vino el mayordomo y entre todos pudieron levantar al caído y lo llevaron dentro de la casa. El tío Frank se recuperó incluso antes de que llegara el médico.

Pero lo que más me extrañó a mí, fue la seria convicción que tenía de que todos los que estaban allí habían visto lo mismo que yo, pero ninguno mencionó ni media palabra de aquello, ni nadie lo ha mencionado hasta el día de hoy. Y tal vez esto es lo más horrendo de todo.

Desde aquel momento hasta el día de hoy, apenas volví a oír nombrar a míster Frene, el mayor. Era como si, repentinamente, hubiera desaparecido de este mundo. Los periódicos ya no lo nombraban. Por lo visto, sus actividades se acabaron por completo. Sea como sea, la vida que había tenido después se distinguió por su banalidad. En realidad, nunca hizo nada digno de mencionar públicamente. Aunque también puede haber ocurrido que, al haber dejado de estar a las órdenes de mistress Frene, ya no tuviera yo oportunidad alguna de enterarme de nada. No obstante, la vida futura de aquel estéril trozo de jardín tuvo un destino completamente diferente.

Que yo sepa, los jardineros no realizaron ninguna enmienda en el terreno, ni abrieron ningún desagüe, ni trajeron tierra nueva; pero ya antes de que yo me marchara, el verano siguiente había cambiado. Continuaba sin ser cultivado, pero estaba poblado de grandes y frondosas hierbas y enredaderas, fuertes, bien nutridas, literalmente reventando de vida.

Porque la sangre es la vida
Francis Marion Crawford (1854-1909)

Comí a la hora del crepúsculo sobre el tejado de la vieja torre, ya que allí se estaba fresco durante lo caluroso del verano. Por otra parte, la pequeña cocina había sido levantada en una esquina de la plataforma, lo cual era bastante conveniente si las fuentes tenían que ser llevadas por la inclinada y pétrea escalera, rota en algunos lugares y bastante gastada por los años.

La torre era una de las tantas construcciones realizadas en el sureste de Calabria por orden del emperador Carlos V, a comienzos del siglo XVI, para tener control sobre las incursiones de los piratas bárbaros cuando los traidores se unieron a Francisco I en contra del emperador y de la Iglesia. Estaban prácticamente en ruinas, solo dos permanecían intactas, y la mía era una de las más grandes. Cómo llegó a mi patrimonio diez años atrás, y por qué invertí en ella, son asuntos que no atañen a este relato. La torre se levantaba en un lugar solitario de Italia meridional, y al lado de una colina curva que forma un pequeño pero protegido puerto natural en la parte sur del golfo de Policastro, justo en el extremo norte del cabo Scalea, sitio de nacimiento de Judas Iscariote de acuerdo con una vieja leyenda local.

La torre se levanta en esta zona del terreno, y no hay otra casa que pueda ser observada en un radio de tres millas a la redonda. Cuando vine, empleé un par de marinos. Uno de ellos era un estupendo cocinero, y cuando me alejé lo dejé a cargo de un pequeño individuo que una vez fue minero y que había hecho amistad conmigo años atrás.

Mi amigo, que algunas veces viene a visitarme en mi veraniega soledad, es de origen escandinavo, artista de oficio, y un cosmopolita por causa de las circunstancias. Comimos al atardecer; nuevamente se había esfumado el brillo del crepúsculo, y la tarde púrpura se posaba en la inmensa cadena de montañas que cruzaban el golfo hacia el este y se hacían más altas a medida que se dirigían hacia el sur. Hacía calor, y nos ubicamos en una de las esquinas de la plataforma esperando el rocío de la noche. El color se borró desde el aire, hubo una pequeña pausa de tinieblas, y una lámpara lanzó una veta amarilla desde la puerta abierta de la cocina en la que los hombres se hallaban preparando la comida.

En ese momento, la luna surgió repentinamente sobre la cumbre del promontorio, cubriendo la plataforma e iluminando cada pequeña piedra y mata de hierba. Mi amigo prendió su pipa y se sentó, observando un punto en las colinas. Reconocí aquello que se hallaba observando y por un largo rato me pregunté si habría notado algo que hubiera llamado su atención. Pasó un largo tiempo desde que había hablado por última vez. Como la mayoría de los artistas, él confiaba en su visión, igual que un león confía en su propia fortaleza y un venado en su velocidad, y él siempre se irritaba cuando no podía conciliar aquello que veía con lo que él pensaba que tenía que ver.

—Es raro —mencionó—. ¿Ves aquel pequeño montículo?

—Sí —respondí, imaginando lo que vendría.

—Parece un sepulcro —señaló Holger.

—Es verdad. Parece una tumba.

—Sí —insistió mi amigo, con su mirada fija en el punto—. Pero lo raro de esto es que puedo ver el cuerpo yaciendo sobre ella. Claro está —siguió Holger, girando su cabeza como suelen hacer los artistas— que debe ser un efecto de la luz. En primer lugar, no es un sepulcro. Segundo, si así fuera, el cuerpo se encontraría dentro y no afuera. Por lo que debe ser una ilusión debido a la luna. ¿Lo ves?

—Perfectamente. Siempre lo observo en las noches que hay luna.

—No parece interesarte mucho —expresó Holger.

—Por el contrario, sí me interesa, pero estoy un poco agotado. No obstante, tú no estás tan equivocado. Ese montículo es, en realidad, una tumba.

—¡No puede ser! —expresó Holger, incrédulo.

—No —contesté—, no puede ser. Pero lo sé porque me di a la tarea de ir allá y estudiarlo.

—¿Entonces qué es? —preguntó Holger.

—Nada.

—¿Un efecto de la luz?

—Posiblemente. Pero lo inexplicable del asunto es que no existe diferencia si la luna ha salido o no, o si está en creciente o en menguante. Si brilla alguna luz de luna, desde el este o desde el oeste, mientras esta resplandece sobre las piedras, uno puede notar el contorno del cuerpo.

Holger removió su pipa con un cuchillo y empleó su dedo como tapón. Cuando el tabaco encendió bien, se levantó.

—Iré a ver ese montículo —indicó.

Cruzó la terraza, y desapareció al bajar los oscuros escalones. No me moví y permanecí sentado, mirando, hasta que lo vi al salir de la torre. Lo escuché tararear una vieja canción danesa mientras atravesaba el espacio abierto bajo el brillo lunar. Cuando se hallaba a unos diez pasos del lugar, Holger se paró, caminó solo unos pasos, entonces retrocedió cuatro y nuevamente se paró. Yo sabía lo que eso significaba. Él había alcanzado el punto donde la cosa dejaba de ser visible, donde, como él hubiera expresado, cambiaba el efecto de la luz.

Entonces fue de nuevo al montículo y se detuvo sobre él. Todavía se lograba ver la cosa, pero ya no estaba acostada sobre la piedra. Ahora estaba de rodillas, rodeando el cuerpo de Holger con sus pálidos brazos y viendo su rostro. Una helada brisa sacudió mi cabello en ese momento y el viento nocturno empezó a soplar desde las montañas, pero lo sentí como si fuera la respiración de otro mundo.

Aquella cosa parecía como que intentaba sostenerse en sus pies, ayudándose con el cuerpo de Holger, mientras este permanecía erguido, tal vez inconsciente de eso, mirando en apariencia hacia la torre, la cual se ve muy pintoresca cuando la luz de la luna brilla de ese lado.

—¡Vuelve! —le grité—. ¡No te quedes allí tanto tiempo!

Creo que se movió muy a su pesar, y descendió del montículo con cierta dificultad. Los brazos de la cosa aún lo rodeaban por la cintura, pero sus pies no lograban dejar la tumba. A medida que él avanzaba hacia adelante, se iba arropando con una especie de aureola de bruma, tenue y blanquecina, hasta que claramente pude ver cuando Holger se sacudió, igual que cuando alguien se asusta. En el mismo instante un ligero gemido de dolor llegó hasta mis oídos a través del viento. Pudo ser un pequeño búho que habita sobre las rocas, entonces, aquella incomprensible presencia retrocedió suavemente cuando la figura de Holger empezó a caminar y descendió del montículo.

Otra vez, sentí la fría brisa en mi cabello, y en esta oportunidad una gélida sensación de horror bajó por mi espalda. Recordaba muy bien cuando yo personalmente había ido al montículo bajo la luz de la luna, me había acercado y no había visto nada. Igual que

Holger, fui y me paré sobre el montículo, y recordaba cómo, cuando regresé, estaba convencido de que no había nada allí, y de repente, tuve la certeza de que habría algo solo si miraba detrás de mí. Recordaba la afanosa tentación de ver hacia atrás, tentación que resistí como si fuera algo poco digno de un hombre con sentido común, hasta que pude liberarme, y me estremecí igual que lo había hecho Holger.

Ahora sabía que aquellos pálidos y neblinosos brazos también me habían abrazado; lo supe en un segundo, y temblé cuando recordé que esa noche también había escuchado al mismo búho. Pero no había sido un ave. Había sido el gemido de aquella cosa.

Cambié el tabaco de mi pipa y me serví un trago de vino fuerte del sur. En menos de un minuto, Holger se encontraba nuevamente sentado junto a mí.

—Claro que no había nada allí —expresó—, pero fue algo escalofriante. ¿Sabías que cuando estaba regresando tenía la certeza de que había alguien detrás de mí, al punto que quería voltearme y ver? Tuve que hacer un gran esfuerzo para no hacerlo.

Sonrió un poco, botó las cenizas de su pipa y se sirvió una copa. Por un rato ninguno de los dos dijo nada y la luna siguió brillando, y ambos observamos aquella cosa que permanecía encima del montículo.

—Tú podrías escribir una historia sobre eso —dijo Holger.

—Ya existe una —contesté—, si no tienes mucho sueño, te la puedo narrar.

—Hazlo.

—El viejo Alario se encontraba agonizante en el pueblo, justo detrás de la colina. Seguro lo recuerdas, no tengo duda. Allí solían decir que él hizo su dinero vendiendo joyas falsas en Sudamérica, y que después de haber sido acusado de ello logró escapar con el dinero. Como todos estos personajes, si ellos logran traer algo consigo mismos lo invierten en sus casas, pero como no había albañiles por aquí, él mandó dos obreros a Paola. Eran dos pillos vigorosos, un napolitano a quien faltaba un ojo, y un siciliano que tenía una antigua cicatriz en la mejilla izquierda. Una vez los vi, puesto que los domingos tenían el hábito de bajar por aquí a pescar en los riscos de la costa.

»Los obreros aún estaban trabajando cuando Alario se fue a la tumba debido a una maligna fiebre. Como ellos habían acordado que parte de sus salarios serían el hospedaje y la comida, él los hacía dormir en la casa. Su esposa había fallecido y solo tenía un hijo llamado Ángelo, que era bastante más honesto que él mismo. Ángelo estaba a punto de casarse con la hija del hombre más rico del pueblo, y como cosa extraña, a pesar de que había sido un matrimonio arreglado por sus padres, los jóvenes novios estaban perdidamente enamorados el uno del otro.

»Así ocurría que todos los habitantes del pueblo amaban a Ángelo, y entre ellos había una salvaje y hermosa criatura, que parecía ser una gitana, llamada Cristina. Sus labios eran muy rojos y sus ojos muy negros, tenía el cuerpo de un galgo y la lengua de un diablo, pero no tenía la más mínima importancia para Ángelo. Él era algo más que un joven sencillo, muy diferente del canalla que había sido su padre; y bajo lo que yo llamaría circunstancias normales, creo que en realidad, él jamás habría puesto sus ojos en otra mujer, salvo la bonita y pequeña criatura a la que tenía que esposar por órdenes de su padre. Sin embargo, las cosas dieron un vuelco, por causas naturales o no.

»También había un atractivo y joven pastor en las colinas sobre Maratea que se había enamorado de Cristina, quien parecía lucir bastante indiferente a este joven. Cristina no poseía un medio de vida estable, pero era una buena muchacha y era capaz de hacer cualquier labor para obtener un poco de pan, un plato de arvejas y un techo para poder dormir, y se sentía muy feliz cuando tenía algún tipo de trabajo en las cercanías de la casa del padre de Ángelo. En el pueblo no habían médicos, y cuando los vecinos se enteraron de que el viejo Alario se encontraba muy enfermo, Cristina fue enviada a Scalea para que trajera a un doctor. Esto ocurrió casi al anochecer, y si ellos esperaron tanto fue porque el paciente se negaba a aceptar cualquier tipo de extravagancia mientras él fuera capaz de decir palabra. Pero durante el tiempo que Cristina estuvo fuera, algunas cosas salieron muy mal. El sacerdote fue llevado al lecho, y después de hacer lo que pudo, aseguró que el viejo había muerto, lo anunció a los vecinos y se retiró de la casa.

»Tú conoces a estas personas. Tienen un miedo material muy grande a la muerte. Hasta el momento en que el cura habló, el salón estaba repleto de gente. Sus palabras salieron con dificultad de su boca. Llegó la noche y todos salieron corrieron en medio de la calle para llegar a sus casas.

»Ángelo, como había mencionado, estaba fuera. Cristina aún no había regresado. La sirvienta que había atendido al viejo durante su enfermedad se había marchado con el resto. Y el cadáver permaneció solitario debajo de la titilante luz de la lámpara de aceite.

»Cinco minutos más tarde, dos hombres entraron cautelosamente y se movieron con sigilo por el dormitorio. Eran el napolitano tuerto y su amigo siciliano. Ellos sabían lo que estaban buscando. En un segundo descubrieron una pequeña pero resistente caja de metal debajo de la cama, y minutos después habían dejado la casa, cubiertos por la oscuridad. Un trabajo muy fácil, ya que la casa de Alario era la última antes del desfiladero que termina en estas rocas. Los ladrones habían escapado por la puerta trasera y estaban protegidos por las piedras, salvo la posibilidad de encontrarse con algún campesino retrasado, lo cual era casi imposible, ya que muy poca gente usaba esa ruta. Ellos trasladaban una azada y una pala, y continuaron su camino sin ningún percance.

»Te cuento esta historia como debió haber sucedido, ya que, ciertamente, no hay testigos de la parte que voy a narrarte ahora. Los hombres llevaron la caja a lo largo del desfiladero, tratando de enterrarla hasta que fuera posible regresar con un bote y recuperarla. Así que debían escoger un lugar conveniente para enterrarla, ya que existía la posibilidad de que parte del dinero se hallara en títulos o en papeles, por lo que había que hallar un lugar seco y protegido. Sabían que el papel se descompondría si ellos se veían forzados a dejarlo allí por mucho tiempo, así que cavaron un agujero aquí abajo, vecino a estas piedras. Sí, justamente allí donde se encuentra el montículo.

»Cristina no pudo hallar al médico, ya que había sido llamado desde un poblado más allá del valle, a mitad de camino de San Doménico. Si ella lo hubiera encontrado, él habría tenido que venir en mula por el camino superior, que es más regular pero también más extenso. Pero Cristina tomó el atajo cruzando las rocas que pasan a cincuenta pies encima del montículo. Los hombres se hallaban cavando cuando ella pasó y los oyó trabajar. No se habría ido sin descubrir el origen de esos ruidos, y ya que ella nunca había sentido miedo en su vida, creyó que posiblemente eran los pescadores, que algunas veces vienen durante la noche para encontrar alguna roca que usan de ancla o recoger alguna madera para prender una fogata.

»La noche era muy oscura, y Cristina se acercó a aquellos dos hombres antes de que lograra ver lo que estaban haciendo. Por supuesto que al fin los vio, y ellos a ella también, y de inmediato comprendieron que estaban en su poder. Una sola cosa podían hacer para estar seguros, y ellos la hicieron al momento: golpearon a la joven en la cabeza, terminaron de cavar la fosa lo más rápido posible, y enterraron la caja de metal junto a la chica. Entendieron de inmediato que su única posibilidad de quedar libres de toda sospecha era la de volver inmediatamente, y no había transcurrido media hora cuando se encontraban conversando con el hombre que estaba fabricando el ataúd de Alario, quien era un pariente de ellos y también había estado trabajando en las reparaciones de la casa del viejo. Hasta donde pude enterarme, las únicas personas que supuestamente estaban enteradas del lugar donde Alario guardaba su tesoro eran su hijo Ángelo y la sirvienta que mencioné antes. Ángelo estaba ausente, y fue la mujer quien descubrió el robo.

»Era fácil imaginar que nadie más sabía dónde se encontraba el dinero. El viejo conservaba la caja cerrada con llave, él mismo conservaba la llave en un bolsillo de su chaqueta, y no dejaba que la mujer entrara a limpiar a no ser que él estuviera allí. El pueblo entero suponía que él tenía mucho dinero en algún lugar, y era posible que los obreros hubieran descubierto dónde, curioseando a través de la ventana en su ausencia. Si el viejo no se hubiera encontrado delirante hasta que perdió el sentido, se hubiese sobrecogido al pensar en sus riquezas. La fiel sirvienta había olvidado la existencia de la caja, cuando se retiró asustada junto a los demás. Veinte minutos habían transcurrido cuando ella regresó con las dos mujeres que siempre eran llamadas cuando alguien fallecía y que preparaban al muerto para el entierro. Cuando regresó al lado del viejo, hizo un gesto como si se hubiera caído algo para tener la oportunidad de agacharse y observar debajo de la cama. Pero la caja ya no estaba. Había sido durante la tarde cuando la había visto, así que la habrían robado en el corto periodo en que ella se retiró de la habitación.

»En el pueblo no había policías, ni nada similar a una oficina municipal, ya que no existía municipalidad. Fue así como la sirvienta sencillamente salió corriendo en medio de la oscuridad, gritando a través de la calle que habían robado la casa de su patrón muerto. Mucha gente se levantó para ver qué estaba pasando, pero en un principio nadie pareció dispuesto a ayudarla. La mayoría susurraba que ella misma había robado el dinero. El primer hombre en hacer algo fue el padre de la joven que habría de casarse con Ángelo: él creía que la caja había sido robada por los dos albañiles que estaban albergados en la casa, así que organizó una búsqueda por ellos que se inició, naturalmente, en la casa de Alario y terminó en la carpintería, donde ambos ladrones fueron encontrados hablando con el carpintero. El grupo de búsqueda los acusó del robo, e iban a encerrarlos hasta que lograran traer a algunos policías desde Scalea. Ambos hombres se vieron entre sí por un instante, y de repente, sin la más mínima duda, arrojaron una lámpara, tumbaron el ataúd poniéndolo como barrera, y escaparon en la oscuridad. Después de un minúsculo instante, estaban siendo perseguidos.

»Este es el final de la primera parte de esta narración. El dinero había desaparecido y no había pistas que otorgaran algún dato sobre los ladrones. El viejo fue sepultado, y cuando Ángelo volvió tuvo que pedir prestado para pagar por el austero funeral, e incluso así tuvo cierta dificultad para hacerlo. No es necesario que mencione que al perder su herencia, también perdió a su novia. En este lugar del mundo, los matrimonios son hechos sobre rígidos principios de negocios y si el dinero prometido no está, la novia o el novio cuyos padres han fallado en tenerlo pueden dar marcha atrás y cancelar el acuerdo. El pobre Ángelo estaba al tanto de todo esto. Su padre no había adquirido muchas tierras y solo poseía el dinero que había traído de Sudamérica, el cual ya no se encontraba. Solo acumulaba deudas por los materiales de construcción usados en la reparación de la casa. Se hallaba arruinado, y la hermosa y pequeña criatura que iba a ser su esposa le dio la espalda de la manera más elegante. Mientras tanto, habían transcurrido varios días de la desaparición de Cristina, y ya nadie recordaba que había sido enviada al pueblo para traer un médico y que no había vuelto. Anteriormente, ella había desaparecido por algunos días, cuando consiguió un trabajo en una granja distante. Pero esta vez, cuando no volvió a ser vista por un tiempo, la gente comenzó a preguntarse por ella, hasta que se inclinaron a creer que ella había conspirado junto a los albañiles y se había marchado con ellos».

Hice una pausa y limpié mis anteojos.

—Este tipo de cosas no suceden en ningún otro lugar —observó Holger, llenando de nuevo su pipa—. Es sorprendente que un encanto natural tan hermoso como el que existe por aquí esté tan cerca del asesinato y de la muerte. Actos que en cualquier otro lado serían normalmente brutales y desagradables, se vuelven dramáticos y misteriosos debido a que estamos en Italia y que estamos habitando una auténtica torre, hecha construir por Carlos V para resguardarse de los piratas bárbaros.

—Sí, hay algo de eso —tuve que admitir.

Holger es uno de los hombre más románticos del planeta, pero siempre cree que es necesario dar explicación a todo.

—Me imagino que ellos hallaron el cadáver de la infortunada joven junto a la caja.

—Parece que atrapé tú interés —respondí—, te lo diré justo al final de la historia.

La luna se hallaba en su punto más alto, el perfil de la cosa sobre el montículo ahora estaba mucho más definido que antes frente a mis ojos.

—El pueblo volvió a su vida normal. Nadie extrañó al viejo Alario. Ángelo siguió habitando la casa a medio terminar, y debido a que no poseía dinero, ya no podía pagarle a la vieja sirvienta, aunque ella por cariño venía de vez en cuando y le lavaba una camisa.

Junto a la casa, también había heredado un pequeño terreno a cierta distancia del pueblo. Trató de sembrarlo, pero no puso mucho empeño en el trabajo, ya que sabía que nunca podría pagar los impuestos del mismo, y tampoco de la casa, la cual sería expropiada por el gobierno o embargada por el reclamo de la deuda de los materiales de construcción.

»Ángelo se sentía muy desgraciado. Mientras su padre estaba vivo y era rico, todas las jóvenes en el pueblo habían estado enamoradas de él, pero ahora todo había cambiado. Él solía sentirse admirado y respetado, y solía ser invitado a tomar vino por los padres cuyas hijas eran solteras. Ahora debía cocinar su miserable cena y se sentía triste, melancólico y abatido.

»Al oscurecer, cuando había terminado el trabajo diurno, en vez de pasear cerca de la iglesia con los jóvenes de su misma edad, comenzaba a deambular por los lugares solitarios alejados del pueblo hasta que caía la noche. Entonces volvía y se iba a dormir, para ahorrar el gasto de luz. Pero durante aquellas horas de solitaria penumbra comenzó a tener extrañas fantasías. Ya no se encontraba siempre solo. Cuando se sentaba sobre el tronco de un árbol, en el lugar donde el camino más cercano se dirigía hacia el desfiladero, él estaba seguro de que una mujer avanzaba sobre las rocas sin hacer el menor ruido, como si sus pies estuvieran desnudos, y ella permanecía debajo de un grupo de castaños y lo llamaba con señas, sin pronunciar ni una palabra. A pesar de que ella se ocultaba en las sombras, él sabía que sus labios eran muy rojos, y cuando ella le sonrió, le mostró dos pequeñas y blancas hileras de dientes. Él la reconoció de inmediato, y supo que era Cristina y que se encontraba muerta. Todavía no sentía miedo, él solo se preguntaba si aquello era un sueño, ya que suponía que, si hubiera estado despierto, seguramente habría sentido miedo.

»La mujer muerta tenía los labios rojos y eso solo podía ocurrir en un sueño. Al anochecer, siempre que él caminaba cerca del desfiladero, ella siempre estaba allí, esperándolo. Él comenzó a creer que ella se acercaría un poco más cada día. Al comienzo, solo estaba seguro de sus labios rojos, pero cada vez que la veía, ella estaba distinta, y el rostro demacrado se le mostraba con unos ojos profundos y deseosos.

»Aquellos ojos se volvieron tenues. Poco a poco, él se iba dando cuenta de que algún día el sueño no terminaría al volver a su casa, sino que continuaría cuando bajara hacia el desfiladero desde donde surgía la visión. Ella se hallaba muy cerca ahora cuando le hacía señas. Sus mejillas tenían la palidez de la muerte y también la palidez del hambre, con la furia y la sed sin satisfacer de aquellos ojos que lo devoraban. Lo había hechizado y al final se hallaba demasiado cerca suyo. Él no podía explicar si su respiración era incandescente como el fuego o gélida como el hielo, tampoco podía decir si sus labios rojos ardían o estaban helados, o si los cinco dedos de su mano eran carbones o quemaban su piel como la escarcha, no lograba distinguir si estaba dormido o despierto, y tampoco si ella estaba viva o estaba muerta. Pero él sintió que la amaba, a la más solitaria de todas las criaturas de este o del otro mundo, y su poderoso embrujo cayó sobre él.

»Esa noche, cuando la luna subía hacia lo alto, la sombra de aquella cosa no se hallaba sola sobre el montículo. Ángelo despertó aquella fría mañana mojado del rocío nocturno y atemorizado. Abrió sus ojos hacia la luz y pudo ver algunas estrellas que aún centelleaban en el firmamento. Despacio, volvió su cabeza hacia el montículo, pero la otra cara no se encontraba allí. El miedo lo había paralizado repentinamente, un miedo indescriptible y desconocido. Saltó y empezó a correr hacia arriba para escalar el desfiladero, sin nunca volver la mirada hacia atrás. Ese día volvió a su trabajo, y el tiempo transcurrió agotadoramente hasta que el sol descendió y se hundió en el mar, y grandes fulgores sobre las colinas de Maratea se tornaron color púrpura contra un cielo manchado de gaviotas.

»Ángelo montó sobre su hombro el pesado azadón y dejó el campo. Ahora se sentía menos agotado que durante la mañana cuando comenzó a trabajar, pero se juró a sí mismo que se iría a su casa sin pasar por el acantilado, comería la mejor cena que pudiera cocinarse y dormiría durante la noche como cualquier cristiano. No sería tentado nuevamente por aquella sombra con labios rojos y respiración de hielo, no tendría de nuevo esa pesadilla de miedo y placer. Él se encontraba cerca del pueblo, solo había transcurrido media hora desde que el sol se había ocultado, y las campanas de la iglesia repicaron con cortos y discordantes ecos alrededor de las rocas y los valles para informar a toda la buena gente que el día había terminado. Ángelo se detuvo un momento donde la ruta se bifurcaba: hacia la izquierda conducía al pueblo y hacia la derecha conducía al acantilado, donde un grupo de castaños se alzaba a la orilla del camino.

»Allí permaneció un minuto, acomodando el sombrero sobre su cabeza y viendo fijamente hacia el mar, y sus labios empezaron a moverse mientras él calladamente recitaba una oración familiar. Sus labios se movían, pero las palabras que siguieron perdieron su significado y se convirtieron en otras, terminando en un nombre que él mencionaba en voz alta: ¡Cristina! Con el nombre, su fuerza de voluntad se relajó inesperadamente, la realidad se esfumó y el sueño regresó otra vez, e igual que un sonámbulo, bajó y bajó por el sendero hacia la creciente oscuridad. Y a medida que ella se deslizaba a su lado decía extrañas y amables cosas a su oído, que si él hubiera estado despierto, hubiera sabido que no podría entenderlas, pero en el estado que se encontraba le parecieron las palabras más dulces que había oído en toda su vida.

»Ella le dio un beso, pero no en la boca. Él pudo sentir sus penetrantes besos bajo su cuello y sabía que sus labios estaban rojos. Así que aquel brutal sueño lo llevó hacia la oscuridad y las penumbras, a través de la débil luz de la luna y toda la gloria de la noche veraniega. Se despertó casi muerto, encima del montículo de allá abajo, recordando y no recordando, falto de sangre, todavía extrañamente melancólico de aquellos labios rojos. Entonces llegó el terror, el pavoroso pánico innombrable, el mortal horror que ocultan los umbrales del mundo que no vemos ni conocemos igual que las otras cosas, pero que podemos percibir a través de helados escalofríos en nuestros huesos y del toque de una mano fantasmal capaz de hacer volver blanco nuestro cabello. Nuevamente, Ángelo se levantó del montículo y corrió hacia el desfiladero, cubierto por las primeras luces del día. Pero esta vez sus pasos fueron más inciertos, tuvo que detenerse para recuperar el aliento, y cuando alcanzó el salto de agua que se levanta a mitad de la colina, se arrodilló, lavó su cara y bebió como nunca antes había bebido, porque tenía la sed de un hombre herido que había permanecido toda la noche desangrándose a campo abierto. Ella había vuelto y él no podía huir, pero podría tenerla cada noche al oscurecer hasta que ella hubiera bebido la última gota de su sangre.

»Fue inútil que al final del día él intentara tomar otro camino y fuera hacia su casa por algún camino que no lindara con el desfiladero. En vano se hacía la promesa cada mañana mientras tenía que trepar por aquel camino rumbo a su hogar. Era en vano, ya que cuando el caliente sol se hundía en el mar y regresaba la frescura de la noche, sus pies lo dirigían hacia el viejo camino, ella lo aguardaba entre las sombras bajo los castaños; y entonces todo volvía a suceder y él volvía a sentir aquellos besos en su garganta, mientras ella avanzaba y revoloteaba a lo largo del camino enlazando su brazo alrededor de él. Y a medida que su sangre disminuía, ella se encontraba más hambrienta y más sedienta cada noche, y cada día al despertar a primera hora de la mañana, a él se le hacía más difícil hacer el esfuerzo de trepar por las rocas del desfiladero para llegar hasta su casa, y cuando llegaba a su trabajo, sus pies y sus brazos se agotaban mucho más rápido al levantar el azadón.

»Apenas hablaba con otras personas, y la gente comentaba que se estaba "consumiendo" por el amor que sentía por la joven que iba a desposar y que había perdido junto a la herencia, y se burlaban de esa situación, ya que este no es un país muy romántico. Durante este periodo, Antonio, el hombre que vive aquí al cuidado de la torre, regresó de ver a su gente cerca de Salerno. Él había permanecido fuera todo ese tiempo desde antes de morir Alario y no se había enterado de esta situación. Él me contó que una tarde, casi al anochecer, regresó y subió a la torre para comer y dormir, ya que se encontraba muy agotado. Ya había pasado la medianoche cuando se despertó y advirtió que la luna se estaba elevando por la colina, vio hacia el montículo y divisó algo, luego, no pudo volver a dormir esa noche. Cuando volvió en la mañana, a plena luz del día, no había nada que observar sobre el montículo, solamente piedras y arena. Entonces fue directo hacia el pueblo por el sendero y se dirigió a la casa del viejo sacerdote.

»—He visto algo maléfico esta noche —confesó—, he observado como un muerto se bebe la sangre de un vivo. Porque la sangre es la vida.

»—Dime qué fue lo que observaste —respondió el cura.

»Antonio le contó aquello que había visto.

»—Esta noche, usted debe traer su libro y su agua bendita —añadió—. Estaré allí antes del crepúsculo con usted, y si quisiera cenar conmigo mientras esperamos, estaré listo.

»—Iré —le dijo el sacerdote—, por lo que he visto en libros antiguos estos insólitos seres no están ni vivos ni muertos. Suelen reposar en sus tumbas durante el día, y durante la noche beben la sangre y roban la vida de los vivos.

»Antonio no sabía leer, pero se sintió feliz de que el cura pudiera entender aquello. Por supuesto, aquellos libros mostraban la manera de terminar con la presencia de la cosa no muerta para siempre.

»Así que Antonio volvió a su trabajo, el cual era sentarse en el lado oscuro de la torre, o bien sostenerse con una línea de pesca de alguna piedra junto al mar. Pero ese día él fue dos veces a ver el montículo a pleno sol, y revisó muy bien los alrededores, buscando algún lugar en el que este ser pudiera esconderse, pero no encontró nada. Cuando el sol comenzó a apagarse y el aire enfrió las sombras, él fue a buscar al viejo cura, llevando consigo una cesta en la que pusieron una botella de agua bendita y todo lo demás que el cura pudiera necesitar para su labor, entonces bajaron y esperaron en la entrada de la torre, hasta que fuera de noche.

»Pero mientras las últimas luces del día aún demoraban en desaparecer, notaron que algo se movía justo allá, dos figuras, un hombre que caminaba y una mujer revoloteando a su alrededor, mientras su cabeza se posaba sobre los hombros de él, besándole el cuello. El sacerdote me contó luego que, mientras le castañeteaban los dientes, tomó del brazo a Antonio con fuerza. La visión aparecía y desaparecía entre las sombras. Entonces, Antonio tomó un frasco de licor fuerte que él tenía para situaciones especiales, e ingirió un trago de esos que logran que un hombre mayor se sienta joven de nuevo, tomó su linterna y también su pico y su pala, le entregó al sacerdote su estola y el agua bendita, y de inmediato comenzaron a avanzar hacia el lugar donde habían visto la aparición.

»Antonio me contó que sus propias rodillas chocaban entre sí al caminar y que el cura se tropezaba con su propio latín. Cuando ya se encontraban a unos pasos del montículo, la titilante luz de la linterna iluminó el pálido rostro de Ángelo, inconsciente, como si estuviera dormido, y sobre su estirado cuello se notaba una muy delgada línea de gotas de sangre que se deslizaba sobre él. La luz de la linterna también iluminó la otra cara que miraba desde esta fiesta, con dos intensos ojos muertos que observaban a través de la muerte, con labios rojos como la vida misma y dos relucientes dientes sobre los que deslumbraba una sonrosada gota.

»El viejo cura, buen hombre, cerró sus ojos y expuso el agua bendita frente a él, su voz rota se convirtió en un grito y Antonio, quien después de todo aquello no se acobardó, alzó su pico con una mano, y manteniendo la linterna en la otra le saltó encima sin saber qué pasaría. Entonces juró haber escuchado el grito de una mujer, y la cosa se había marchado. Ángelo cayó inconsciente sobre el montículo, con la línea roja sobre su cuello, y las gotas de un letal sudor sobre su frente. Ellos lo levantaron en brazos, medio muerto como estaba, y lo colocaron cerca de donde se encontraban; luego Antonio comenzó a cavar. El cura ayudó, aunque era bastante viejo y no podía hacer mucho. Así que cavaron profundo, y al final Antonio, de pie sobre la tumba, alumbró con su linterna para ver qué había.

»Su cabello, que era color castaño oscuro con unas pocas canas cerca de las sienes, en menos de un mes se puso totalmente gris como un tejón. Él había sido minero en su juventud, y la mayoría de estas personas nunca llegaron a ver algo como lo que él vio esa noche: aquella cosa que estaba ni sobre ni debajo de la tumba. Antonio tenía con él algo que el cura no había notado. Esa misma tarde, él se había fabricado una afilada estaca tallada en la vieja madera de un barco, que ahora llevaba con él además de su pico, cuando bajó a la tumba mientras iluminaba con su linterna. No puedo pensar en ningún poder sobre la Tierra que pueda convertir en palabras lo que sucedió entonces, y que el viejo cura se aterró al mirar.

»Él dice que oyó a Antonio respirar como un animal salvaje, y lo vio moverse como si estuviera peleando con algo tan fuerte como él mismo. También escuchó un sonido maléfico, como si algo hubiera taladrado violentamente carne y hueso. El sonido más espantoso de todos, el chillido de una mujer, el sobrenatural chillido de una mujer que no está viva ni muerta, pero enterrada en lo profundo durante muchos días. Y él, el pobre cura anciano, solo pudo caer de rodillas en la arena, pronunciando sus oraciones y sus exorcismos en voz alta para extinguir esos desgarradores chillidos. Entonces, repentinamente, una pequeña caja de metal cayó al lado de donde estaba arrodillado, siendo iluminado por la luz de la linterna. Al instante siguiente, Antonio se encontraba detrás de él, con su cara tan pálida como manteca, lanzando arena y grava dentro del agujero con furia, y viendo encima del borde hasta que el foso se encontró medio lleno. Y el cura mencionó que había mucha sangre fresca en las manos de Antonio y en sus ropas. Aquí es donde finaliza mi narración».

Holger terminó su vino y se inclinó en su silla.

—Entonces Ángelo recuperó lo suyo de nuevo —dijo—. ¿Esposó a la chica con quien estaba prometido?

—No, él quedó aterrado y se fue para Sudamérica, y nunca volví a saber de él desde entonces.

—Y ese pobre cadáver aún sigue allí, me imagino —dijo Holger—. ¿Continúa muerto?

También me lo he preguntado, pero si está muerto o vivo, debo tener precaución para no verlo, incluso a plena luz del día. Antonio se puso canoso como un tejón, y nunca volvió a ser el mismo desde aquella noche.

Berenice
Edgar Allan Poe (1809-1849)

Dicebant mihi sodales, si sepulchrum amicae visitarem,
curas meas aliquan tulum fore levatas.
Ebn Zaiat

La desdicha es muy dispar. La desgracia se multiplica de manera multiforme sobre la tierra. Extendida por el vasto horizonte, como el arcoíris, sus colores son tan múltiples como los de este, a la vez tan diferentes y tan profundamente acoplados. ¡Extendida por el vasto horizonte como el arcoíris! ¿Cómo es que de la belleza se ha originado un tipo de fealdad; de la unión y de la paz, un símil del sufrimiento? Como sucede en la ética, el mal es el resultado del bien y, a decir verdad, de la alegría deriva la tristeza. O del recuerdo de la dicha pasada es la inquietud del presente, o las agonías que existen nacen de los éxtasis que pudieron haber existido.

Mi nombre de pila es Egaeus y no mencionaré mi apellido. No hay en este país torres más honorables que las de mi oscura y lúgubre mansión. Nuestra estirpe ha sido denominada casta de visionarios, y en muchos impresionantes detalles, en la particularidad de la mansión familiar, en los cuadros del salón principal, en los tapices de las habitaciones, en los relieves de algunas columnas de la sala de armas, pero sobre todo, en la galería de viejos cuadros, en la distinción de la biblioteca, y, finalmente, en la muy particular naturaleza de los libros, hay fundamentos suficientes para respaldar esta creencia.

Las memorias de mis primeros años se asocian con esta mansión y con sus libros, a los que ya no volveré a mencionar. Allí falleció mi madre. Allí nací yo. Pero es vano decir que no había vivido antes, que el alma no se percata de una existencia previa. ¿Lo niegas? No debatiremos este punto. Yo estoy convencido, mas no intento convencer. No obstante, hay un recuerdo de formas incorpóreas, de ojos espirituales y expresivos, de sonidos musicales y entristecidos, un recuerdo que no puedo desdeñar, una memoria como una sombra, ambigua, variante, confusa, vacilante, y como una sombra, también, por la inalcanzable posibilidad de librarme de ella mientras exista la luz de mi razón.

En aquella mansión nací yo. Al despertar súbitamente de la larga noche de lo que asemejaba, sin serlo, la no-existencia, a países de hadas, a un palacio de imaginación, a los dominios extraños del pensamiento y de la erudición monásticos, no es raro que viese a mi alrededor con ojos perplejos y ardientes, que despilfarrara mi niñez entre libros y desvaneciera mi juventud entre ensueños, pero lo que sí resulta extraño es que al transcurrir los años y el apogeo de la madurez me hallara morando aun en la mansión de mis antepasados. Es inaudita la parálisis que se posó sobre las fuentes de mi existencia, inaudita la completa inversión en la representación de mis pensamientos más ordinarios. Las realidades del mundano universo me afectaron como visiones, solo como visiones, mientras que las inusuales ideas del mundo de los sueños se convirtieron, en cambio, no en el material de mi existencia diaria, sino realmente en mi insolente y total existencia.

Berenice y yo éramos primos y nos criamos juntos en la vivienda de nuestros antepasados. Pero crecimos de maneras distintas. Yo, enfermizo, sumido en la tristeza; ella, ágil, graciosa, llena de vitalidad. Suyas eran las caminatas por la colina. Míos, los estudios del claustro. Yo, viviendo aislado en mí mismo, entregado en cuerpo y alma a la concentrada y laboriosa meditación; ella, deambulando sin preocuparse de la vida, sin reflexionar en las sombras del sendero ni en el silencioso vuelo de las horas de alas negras. ¡Berenice! —evoco su nombre—, ¡Berenice! Y ante este sonido se perturban mil recuerdos escandalosos de las ruinas grises. ¡Ah, comparece vívida su imagen a mí, como en sus primeros días de felicidad y de dicha! ¡Oh, cautivadora y fantástica hermosura! ¡Oh, sílfide entre los arbustos de Arnheim! ¡Oh, náyade entre sus fuentes! Y entonces... entonces todo es enigma y terror, y una historia que no se debe relatar. La enfermedad —un padecimiento mortal— sobrevino sobre ella como un huracán, y mientras yo la observaba, el espíritu del cambio la arrolló, adentrándose en su mente, en sus hábitos y en su carácter, y de la manera más grácil y terrible consiguió alterar incluso su identidad. ¡Ay! La devastadora fuerza iba y venía, y la agraviada... ¿dónde se encontraba? Yo no la conocía, o, al menos, ya no podía reconocerla como Berenice.

Entre la incontable serie de enfermedades ocasionadas por aquella primera y fatal, que desató una revolución tan horripilante en el ser moral y físico de mi prima, hay que destacar como la más terrible y obstinada un tipo de epilepsia que con regularidad acababa en catalepsia, estado muy similar a la extinción de la vida, del cual, en la mayoría de los casos, se despertaba de forma abrupta e inesperada. Mientras tanto, mi propia enfermedad —pues me han indicado que no debería otorgarle otra denominación—, mi propia enfermedad, digo, crecía con extrema premura, desarrollando un carácter monomaníaco de una tipología nueva y sorprendente, que se volvía más fuerte cada hora que trascurría y que finalmente ejerció sobre mí una incomprensible influencia. Esta monomanía, según debo calificarla, consistía en una retorcida irritabilidad de esas facultades de la mente que la ciencia psicológica denota con la palabra atención. Es más que factible que no me explique, pero temo en verdad, que no encuentre la manera de trasmitir a la inteligencia del lector común una noción de esa nerviosa violencia de interés con que en mi caso las facultades de meditación (por no definirlo en términos técnicos) desempeñaban y se enfocaban en observar los objetos más simples del universo.

Reflexionar largas e incesantes horas con la atención centrada en alguna nota banal, en los bordes o en la tipografía de un libro. Permanecer absorto durante casi todo un día de verano en una singular sombra que descendía oblicuamente sobre el tapizado o sobre la puerta. Consumirme toda una noche contemplando la mansa llama de una lámpara o las lumbres del fuego. Soñar días enteros con el aroma de una flor. Iterar monótonamente una palabra corriente hasta que su sonido, debido a la permanente repetición, dejaba de originar en mi mente alguna idea. Olvidar todo sentido del movimiento o de la presencia física por medio de una total y obstinada inactividad del cuerpo, sostenida por mucho tiempo. Estas eran algunas de las extravagancias más corrientes y menos perjudiciales, ocasionadas por la condición de mis facultades mentales, a decir verdad, no genuina, pero capaz de afrontar cualquier forma de análisis o explicación.

Pero no se me comprenda mal. La desmedida, intensa y morbosa atención, exaltada así por objetos banales en sí, no debe confundirse con la tendencia a la meditación, ordinaria en todos los hombres, y a la que se entregan de manera particular las personas con una imaginación intranquila. Tampoco era, como se pudo suponer en un principio, una situación crítica ni la exageración de esa proclividad, sino primaria y fundamentalmente distinta, diferente. En un caso, el soñador o el aficionado interesado por un objeto, usualmente no banal, lo pierde gradualmente de vista en un bosque de deducciones y sugerencias que emergen de él, hasta que, al culminar una ensoñación repleta en muchas ocasiones de voluptuosidad, el *incitamentum* o primera razón de sus meditaciones se desvanece por completo y es olvidado. En mi caso, el elemento primario era invariablemente banal, aunque tomaba, por medio de mi visión turbada, una importancia refleja e irreal. Pocas deducciones, si acaso había alguna, emergían, y esas pocas regresaban tenazmente al objeto primario como a su centro. Las meditaciones nunca eran plácidas, y al final de la ensoñación, la primera razón, lejos de perderse de vista, había logrado ese interés maravillosamente exorbitado que componía el rasgo fundamental de la enfermedad. En una palabra, las facultades que más ejercitaba la mente en mi circunstancia eran, como ya he mencionado, las de la atención, mientras que en el caso del soñador son las especulativas.

Mis libros, en ese periodo, si no funcionaban realmente para irritar el trastorno, compartían en gran medida, como se sabrá, por su carácter imaginativo e inconexo, las características pintorescas del trastorno mismo. Puedo hacer memoria, entre otros, del tratado del noble italiano Coelius Secundus Curio, De *Amplitudine Beati Regni Dei* (La grandeza del reino santo de Dios); la gran obra de San Agustín, *De Civitate Dei* (La ciudad de Dios) y de Tertuliano, *De Carne Christi* (La carne de Cristo), cuya sentencia paradójica: *Mortuus est Dei filius: credibili est quia ineptum est: et sepultus resurrexit; certum est quia impossibile est*, se adueñó de todo mi tiempo durante muchas semanas de insubstancial y afanosa investigación.

Así se notará que, extraída de su equilibrio solo por cosas banales, mi razón era similar a ese peñasco marino del que nos relata Ptolomeo Hefestión, que soportaba firme las embestidas de la violencia humana y la cólera más feroz de las aguas y de los vientos, pero se estremecía con el simple contacto de la flor denominada asfódelo. Y aunque para un observador inadvertido pudiera parecer, fuera de cualquier duda, que la perturbación provocada en la condición moral de Berenice por su desdichada enfermedad me habría facilitado muchos temas para la praxis de esa intensa y anormal meditación, cuya naturaleza se me ha dificultado bastante explicar, sin embargo, este no era el caso. En los periodos lúcidos de mi enfermedad, la calamidad de Berenice me causaba compasión y, profundamente conmovido por la devastación total de su preciosa y placentera vida, no dejaba de pensar con regularidad y congoja en los asombrosos mecanismos por los cuales se había generado esa transformación tan inesperada y extraña. Pero estas meditaciones no compartían la idiosincrasia de mi enfermedad y eran como las que se hubieran manifestado, en circunstancias similares, al común de los mortales. Leal a su propio temperamento, mi trastorno se entretenía en los cambios de menor relevancia pero más llamativos, acaecidos en la constitución física de Berenice, en la extraña y horripilante desfiguración de su identidad personal.

En los días más resplandecientes de su hermosura incomparable, no la amé. En la extraña anormalidad de mi existencia, mis sentimientos jamás provenían del corazón y mis pasiones siempre provenían de la mente. En los nublados amaneceres, en las sombras entrecruzadas del bosque al mediodía y en el sigilo de mi biblioteca por la noche ella flotó ante mi vista, y yo la había observado, no como la Berenice viva y vibrante, sino como la Berenice de un sueño. No como una habitante de la tierra sino como su abstracción. No como algo para venerar sino para reflexionar. No como un objeto de amor sino como un asunto de la más insondable, aunque incongruente, especulación. Y ahora, ahora temblaba ante su presencia y palidecía cuando se aproximaba. Sin embargo, lamentando penosamente su degeneración y decadencia, recordé que durante mucho tiempo me había amado, y que en un desdichado momento, le propuse matrimonio.

Y cuando, finalmente, se aproximaba la fecha de nuestro matrimonio, una tarde de invierno, en uno de esos días repentinamente calurosos, serenos y nublados, que constituyen la nodriza de la hermosa Alción, me hallaba yo sentado (y creía estar solo) en el aposento interior de la biblioteca y al alzar los ojos vi a Berenice frente a mí.

¿Fue mi imaginación exaltada, la influencia de la atmósfera nublada, la incierta luz crepuscular del lugar, los vestidos grises que cubrían su figura los que le otorgaron un contorno tan irresoluto e indefinido? No sabría definirlo. Ella no pronunció palabra y yo por nada del mundo hubiera tenido la capacidad de pronunciar una sílaba. Un helado escalofrío atravesó mi cuerpo, me agobió una sensación de intolerable ansiedad, una curiosidad insaciable se apoderó de mi alma e, inclinándome en la silla, permanecí un rato sin aliento, inmóvil, con mis ojos fijos en su persona. ¡Ay! Su delgadez era extrema y ni la menor huella de su ser anterior se denotaba en una sola línea del contorno. Mi fervorosa mirada se posó por fin sobre su tez.

La frente era alta, muy pálida, y extrañamente plácida, lo que en un tiempo fuera cabellera negra azabache se posaba parcialmente sobre su frente y sombreaba las sienes huecas con incontables rizos de un color rubio radiante, que contrastaban discrepantes, debido a su fantástico matiz, con la melancolía de su rostro. Sus ojos no poseían brillo y parecían no tener pupilas, y de modo involuntario rehuí su mirada vidriosa para observar sus labios, finos y retraídos. Se entreabrieron, y en una sonrisa de extraña expresión los dientes de la ahora desconocida Berenice se mostraron lentamente ante mis ojos. ¡Quisiera Dios que nunca los hubiera visto o que, después de verlos, hubiera muerto!

Me distrajo el golpe de una puerta al cerrarse y, al alzar la vista, descubrí que mi prima había abandonado el aposento. Pero de los desordenados aposentos de mi cerebro, ¡ay!, no había salido ni se podía alejar el blanco y aterrador espectro de sus dientes. Ni una mancha en su superficie, ni una sombra en el esmalte, ni una grieta en sus perfiles había en los dientes de esa efímera sonrisa que no quedara grabado en mi memoria. Ahora los miraba con más claridad que un momento antes. ¡Los dientes! ¡Los dientes! Se encontraban aquí, y allí, y por todas partes, visibles y tangibles ante mí, largos, finos y expresivamente blancos, con los desvaídos labios cerrándose a su alrededor, como en el mismo momento en que habían comenzado a crecer. Entonces sobrevino toda la furia de mi monomanía, y yo batallé en vano contra su particular e irresistible influencia. Entre los cuantiosos objetos del mundo exterior solo pensaba en los dientes. Los anhelaba con una frenética ansia. Todas las demás dificultades y los demás intereses quedaron subordinados a esa contemplación. Ellos, ellos eran los únicos que se hallaban presentes en mi mirada mental, y en su imprescindible individualidad se convirtieron en la esencia de mi vida intelectual. Los escudriñé bajo todas las perspectivas. Los miré desde todos los puntos de vista. Estudié sus características. Analicé sus peculiaridades. Me percaté en su conformación. Pensé en las variedades de su naturaleza. Me estremecí al adjudicarles, en la imaginación, un poder susceptible y consciente y, aun sin el apoyo de los labios, una habilidad de expresión moral. De mademoiselle Sallé se ha dicho con razón *que tous ses pas étaient des sentiments*, y de Berenice, yo creía seriamente *que toutes ses dents étaient des idées. Des idees!* ¡Ah, este disparatado pensamiento me destrozó! *Des idees!* ¡Ah, por eso los anhelaba tan irreparablemente! Creí que solo su posesión me podría retornar la paz, devolviéndome la razón.

La tarde cayó sobre mí, y llegó la oscuridad, permaneció y se fue, y amaneció el nuevo día, y las neblinas de una segunda noche se amontonaron alrededor, y yo permanecía inmóvil, sentado en aquel aposento solitario, y continué sumido en la meditación, y el espectro de los dientes conservaba su terrible dominio como si, con una claridad viva y horripilante, flotara entre las variantes luces y sombras de la habitación. Al fin penetró en mis sueños un alarido de horror y consternación, y luego, tras un intervalo, el ruido de voces nerviosas, combinadas con tristes gemidos de dolor y de pena. Me levanté de mi asiento y, abriendo las puertas de la biblioteca, estaba en la antesala una criada, deshecha en lágrimas, quien me comentó que Berenice había cesado de existir. Esa mañana temprano había sufrido un ataque de epilepsia y ahora, al llegar la noche, ya estaba listo el sepulcro para acoger a su ocupante y culminados los preparativos del sepelio.

Me hallé sentado en la biblioteca, solo de nuevo. Parecía que había despertado de un sueño borroso y excitante. Sabía que ya era la medianoche y que desde la puesta del sol Berenice estaba sepultada. Pero no tenía una noción exacta, o por al menos concreta, de ese melancólico periodo intermedio. No obstante, el recuerdo de ese periodo estaba repleto de horror, horror más horrible por ser impreciso, terror más terrible por ser ambiguo. Era una página escabrosa en la historia de mi vida, escrita con memorias siniestras, horrorosas, ininteligibles. Batallé por descifrarlas, pero fue en vano. Después, como el espíritu de un sonido lejano, un agudo y penetrante alarido de mujer parecía retumbar en mis oídos. Yo había llevado a cabo algo. Pero, ¿qué era? Me cuestioné la pregunta en voz alta, y los murmurantes ecos de la habitación me respondieron: ¿Qué era?

En la mesa, a mi lado, relucía una lámpara y cerca de la misma había una diminuta caja. No tenía un aspecto llamativo, y yo la había observado antes, pues era del médico de la familia. Pero, ¿cómo había llegado allí, a mi mesa, y por qué temblé al fijarme en ella? No valía la pena considerar estas cosas, y por fin mis ojos se posaron sobre las páginas abiertas de un libro y sobre un fragmento subrayado. Eran las extrañas pero simples palabras del poeta Ebn Zaiat: "*Dicebant mihi sodales si sepulchrum amicae visitarem, curas meas aliquantulum fore levatas*". ¿Por qué, al leerlas, se me puso la piel de gallina y se me congeló la sangre en las venas?

Sonó un suave golpe en la puerta de la biblioteca y, lívido como habitante de un sepulcro, un criado entró de puntillas. Tenía en sus ojos un espeluznante terror y me habló con una voz quebrada, áspera y muy baja. ¿Qué dijo? Escuché unas frases entrecortadas. Hablaba sobre un alarido salvaje que había perturbado el silencio de la noche, y de la servidumbre congregada para indagar de dónde provenía, y su voz recobró un tono espantoso, claro, cuando me habló, murmurando, de una tumba profanada, de un cadáver arropado en la mortaja y desfigurado, pero que aún resollaba, aun latía, ¡aún vivía!

Señaló mis ropajes: estaban sucios de barro y de sangre. No respondía nada, me agarró suavemente la mano: había huellas de uñas humanas. Dirigió mi atención a un objeto que estaba apoyado en la pared, lo vi durante un instante, era una pala. Con un alarido corrí hasta la mesa y me apoderé de la caja. Pero no pude abrirla y por mi agitación se me escapó de las manos, se desplomó en el suelo y se quebró en pedazos, y entre estos, entrechocando, se dejaron ver unos instrumentos de cirugía dental, revueltos con treinta y dos diminutos objetos blancos de marfil, que se desperdigaron por el suelo.

Índice